안톤 파블로비치 체호프

Anton Pavlovich Chekhov (1860~1904)

1860년 1월 17일(러시아 구력), 러시아 남부의 항구도시 타간로크에서 태어났다. 1876년 아버지가 운영하던 잡화점이 파산하면서 그를 제외한 가족 모두가 모스크바로 떠났다. 고향에 홀로 남은 그는 입주 과외를 하면서 공부를 병행한 끝에 장학금을 받고 모스크바 의과대학에 입학했다. 대학 생활 중에도 생계에 보탬이 되기 위해 유머 잡지와 신문에 필명으로 단편을 기고했다. 1884년 대학을 졸업한 그는 의사로 일하면서도 꾸준히 글을 썼으며, 1887년 출간한 단편집『황혼』으로 이듬해 푸시킨상을 받으면서 평단의 인정을 받았다. 그는 1890년 시베리아를 거쳐 사할린섬에 방문해 3개월 동안 유형수들의 보건·의료 실태를 조사했다. 이후 그의 작품 세계는 더욱 원숙해져서「6호 병동」(1892)「대학생」(1894)「개를 데리고 다니는 부인」(1899) 같은 단편과 4대 희곡 작품『갈매기』(1896)『바냐 아저씨』(1899)『세 자매』(1901)『벚꽃 동산』(1904)으로 이어졌다. 한편 그는 집필을 하는 와중에도 농민들을 무료로 진료하고 콜레라 퇴치 자선사업을 벌이는 등 의사로서의 역할에 충실했다.

체호프는 1901년 여배우 올가 크니페르와 결혼하면서 새로운 삶을 꿈꿨지만 얼마 지나지 않아 폐결핵이 악화되었고, 요양차 방문했던 독일 바덴바일러에서 1904년 7월 2일 세상을 떠났다.

체호프의 문장들

체호프의
문장들

안톤 파블로비치 체호프

오종우
엮고 옮김

마음산책

엮고 옮긴이 | **오종우**

성균관대 러시아어문학과 교수. 고려대 노어노문학과를 졸업하고 동 대학원에서 체호프 연구로 박사학위를 받았으며 모스크바국립대에서 수학했다. 『체호프의 코미디와 진실』 『러시아 거장들, 삶을 말하다』 『대지의 숨』 『예술 수업』 『무엇이 인간인가』 『예술적 상상력』 등을 썼고, 체호프의 『아내·세 자매』 『개를 데리고 다니는 부인』 『벚꽃 동산』을 비롯해 『러시아 희곡 1』(공역) 『영화의 형식과 기호』를 번역했다.

체호프의 문장들

1판 1쇄 인쇄 2024년 12월 1일
1판 1쇄 발행 2024년 12월 5일

지은이	안톤 파블로비치 체호프
엮고 옮긴이	오종우
펴낸이	정은숙
펴낸곳	마음산책

담당 편집	이동근
담당 디자인	오세라
담당 마케팅	권혁준·최예린
경영지원	박지혜

등록	2000년 7월 28일(제2000-000237호)
주소	(우 04043) 서울시 마포구 잔다리로3안길 20
전화	대표 362-1452 편집 362-1451 팩스 362-1455
홈페이지	www.maumsan.com
블로그	blog.naver.com/maumsanchaek
트위터	twitter.com/maumsanchaek
페이스북	facebook.com/maumsan
인스타그램	instagram.com/maumsanchaek
전자우편	maum@maumsan.com

ISBN 978-89-6090-912-0 03890

* 책값은 뒤표지에 있습니다.

우리의 인생은 아직 끝나지 않았어.

살아가야 해!

안톤 파블로피치 체호프 (1860~1904)

차례

체호프의 마지막 말

체호프의 작품은 웃겨서 슬프다. 웃길 때도 있으면서 슬픈 게 아니라 웃긴 그 자체가 슬프다. 때로 체호프의 작품은 슬퍼서 웃기다. 슬프니까 웃기다.
체호프를 읽다가 이렇게 논리를 뒤집는 역설을 만나게 되는 것은 그가 우리의 현실을 정직하게 직시했기 때문이다. 슬퍼서 웃긴, 웃겨서 슬픈 인생을.

고학생의 글쓰기

안톤 파블로비치 체호프. 그는 러시아 남부 아조프해의 바닷가 마을 타간로크에서 구력으로 1860년 1월 17일[※] 가난한 잡화상 집안의 일곱 남매 중 셋째로 태어났다. 아버지 가게에서 심부름하며 김나지움을 다니다 열여섯 살이 되던 해에 아버지가 미로노프라는 도급업자에게 사기를 당해 파산하면서 가족이 모스크바의 빈민가로 떠났다. 그는 김나지움을 마치기 위해 타간로크에 혼자

[※] 러시아는 1918년 1월 31일까지 구력(율리우스력)을 사용했다. 이제는 공식적으로 전 세계에서 공유되는 신력을 쓰지만 일상에서는 동방정교회가 교회력으로 쓰는 구력을 자주 사용한다. 체호프의 연보도 그가 활동하던 시기에 러시아에서 사용했던 구력으로 기록되었다. 신력이 구력보다 13일 빠르다.

남았다. 이때부터 체호프는 학업을 계속하려고 생활비를
버는 고학생 처지가 되었다. 입주 과외를 하며 김나지움을
졸업한 뒤 모스크바 의과대학에 장학생으로 진학했다.
자연과학에 관심이 컸던 체호프는 의학을 선택했다.
그가 글을 쓰기 시작한 것은 궁핍한 생활 때문이었다.
의과대학의 학비는 장학금으로 해결했지만 생활비는
직접 벌어야 했다. 유머 잡지와 신문에 콩트를 썼다.
원고료를 받아 가족의 생계에도 도움을 줘야 했기에
필명으로 부지런히 글을 썼다. 그가 사용한 필명은
그리스어풍의 '안토샤 체혼테'를 비롯해서 '아 체' 등
예순두 개나 되었고, 의과대학 1학년이었던 1880년
3월부터 1886년 2월까지 쓴 작품은 300편이 넘었다.※
그의 글을 즐겨 찾는 애독자들이 늘었고, 작품의 가치를
알아본 평론가도 생겼다. 독자의 폐부를 찌르는 예리한
그의 글들은 잠시 유행하는 잡문에 머물지 않았다.
1884년 의과대학을 졸업한 체호프는 모스크바 근교
즈베니고로드 지역에 있는 치킨스카야 병원에서
의사로 근무하기 시작했다. 치킨스카야 병원은 그가
대학 2학년이던 1881년부터 수련의 생활을 한 젬스트보

※　1880년 3월 페테르부르크의 주간지 〈잠자리〉에 첫 단편 「배운 이웃에게 보
　　내는 편지」가 실렸다. 1886년 2월에는 처음 본명을 밝힌 작품 「추도회」가 출
　　간되었다.

병원이었다. 젬스트보는 1864년 이후 러시아에 설치된
지방자치 기구로 지역의 의료, 교육, 위생 등을 담당했다.
젬스트보 의사로서 체호프는 보건 환경 등을 조사하며
공중위생 상태를 개선하기 위해 노력했다. 가난한 병자는
무상으로 치료하고 도왔다. 이때도 그는 글을 써서
생활비를 충당했다.

이렇게 쓴 작품들이 문단의 주목을 받아 1888년 10월에는
러시아 아카데미가 수여하는 문학상인 푸시킨상을
수상했다. 그렇지만 체호프는 전업 작가의 길에는
들어서지 않았다. 푸시킨상을 받은 그해, 그는 두 마리
토끼를 쫓지 말고 창작에만 전념하라는 신문 〈새 시대〉
발행인이자 편집자인 수보린에게 쓴 편지에서 의학이
자기 본업이라고 분명히 밝힌다.

서른 살에 그는 시베리아를 거쳐 사할린섬으로 떠났다.
단순한 호기심 때문이 아니었다. 작가로서 충전이
필요했던 것도 아니었다. 시베리아횡단철도[※]가 놓이기
전이라 때로는 걸었고 때로는 마차를 탔으며 강이나
호수를 만나면 배에 올랐다. 도스토옙스키가 유형
생활을 한 옴스크를 지나 태평양 연안 니콜라옙스크
항구로 간 그는, 기선 바이칼호를 타고 타타르해협을

[※] 세계에서 가장 긴 철도인 시베리아횡단철도는 1891년부터 1916년에 걸쳐 건
설되었다.

건너 1890년 7월 11일 사할린섬에 도착해 3개월 동안
체류하면서 각종 탐사 기록을 작성했다. 유형지 주민의
생활환경, 공공 위생 상태, 동식물의 생태환경 등에 대한
그의 기록은 자연과학 보고서이자 기초의학 자료였다.
장학금 덕에 의과대학을 졸업한 체호프는 의료 활동을
의무로 생각했다. 시베리아 횡단과 사할린 탐사 후 5년이
지나 내놓은 책 『사할린』에서 그는 탐사 보고서 작성이
의학도로서 마땅히 해야 할 일이었다고 회상했다.
1891년 가을 러시아 남부에 대기근이 발생했다. 전해
겨울 눈이 거의 내리지 않더니 4월부터는 세 달 동안
비가 아예 오지 않아 대지가 바싹 말라 농작물은 전혀
자라지 못했고 가축들도 쓰러져나갔다. 기록에 의하면
우랄산맥에서 흑해 연안까지 3600만 명에 달하는
러시아인이 나무껍질을 벗겨 연명할 정도로 기근에
시달렸다고 한다. 대기근은 이듬해 감염병을 불러왔다.
콜레라와 티푸스가 발병해 1892년 말까지 50만 명이
목숨을 잃었다. 사할린에서 막 돌아온 체호프는 모스크바
남쪽 세르푸호프 지역의 젬스트보에서 빈민 구제와
의료봉사에 뛰어들었다.
체호프는 의료 활동에 전념하기 위해 1892년 3월
젬스트보에서 가까운 멜리호보[※]로 이주한다. 그는 병자

[※] 현재 명칭은 체호프시市이다.

치료뿐 아니라 빈민 구제 활동에도 매진했다. 세르푸호프 지역 탈레즈 농촌 학교 설립에 참여했고 공공도서관 건립을 도왔다. 고학생 출신 체호프는 열악한 환경에 처한 빈민과 병자들에게 헌신적인 의사였다. 그러면서 작품 쓰기도 멈추지 않았다.

체호프에게 글쓰기, 특히 문학 창작은 관념적인 행위도 감상적인 토로도 아닌, 현실을 제대로 살고자 하는 강인한 정신의 발현이었고 실체적인 몸짓이었다. 그의 작품은 현실을 미화하지도 않고 이념으로 재단하지도 않으며 감정으로 채색하지도 않은, 삶에 대한 성실한 임상 보고서였다.

영혼을 보는 자연과학도

자연과학도이자 의사인 체호프의 작품에는 인간애가 가득하지만, 그 인간애는 감상적이지 않다. 좋은 의사는 어떤 의사를 말할까. 환자를 보고 안타까워하며 눈물 흘리고 위로하는 의사가 좋은 의사일까. 좋은 의사는 성실히 쌓은 임상 경험과 의료 지식으로 병을 냉정히 진단해 치료하는 의사다. 자연과학도이기도 한 체호프는 어떤 사실을 이해하려면 그 사실이 보이는 양태들을 진단해야 한다는 점을 잘 알고 있었다. 차가운 과학적 태도가 따뜻한 인간애가 되는 지점이다.

체호프는 글을 쓸 때도 이런 과학적인 자세를 취했다.
그는 작가가 화학자만큼 객관적이어야 하고, 자연을
의인화해서 감정을 꾸며내지 않아야 좋은 글이라고
강조한다. 이런 냉철한 과학적 태도 때문에 그를
유물론자로 보기도 한다.

인류는 오랫동안 인간이라는 존재가 어떻게
시작되었는지 궁금해했다. 그러다가 다윈의 『종의
기원』이 출간되고 자연과학이 발달하면서 인류 탄생을
생명체의 진화 과정으로 설명하게 되었다. 유물론을
바탕으로 세워진 진화론은 나무에서 내려온 원숭이가
인간이 되었다고 푼다. 40억 년 동안 자연선택이 유기적
물질을 손질하고 조정해서, 우리는 아메바에서 시작해
파충류로, 그다음에는 포유류를 지나 호모사피엔스가
되었다.[※] 최근 대두된 뇌과학은 전두엽, 후두엽, 측두엽
등 뇌의 물질로 인간의 정신을 온전히 파악할 수 있다고
말한다. 인간을 물질 덩어리로 보는 유물론에서 영혼은
추상적인 개념이자 있을 수 없는 허상일 뿐이다. 과학은
관찰과 실험을 통해서 증명된 것만 진리로 단정한다.
체호프도 앞에서 본 것처럼 과학적 사고를 강조했다.
그의 작품은 인간에 대한 과학적이고 예리한 관찰,

[※] Yuval Noah Harari, *Homo Deus: A Brief History of Tomorrow*, Harvill Secker,
2016, p.50.

아무런 의견 없는 묘사가 특징이다. 그런데 그가 그토록
엄밀하게 인간과 인생을 보고 쓴 글에서 강조한 것은
곧 영혼이었다. 유머는 영혼을 잃은 인물이 벌이는
코미디에서 나왔고, 체호프는 그런 코미디에 대한
안타까움을 냉정하게 별다른 감상 없이[*] 표현했다.
그렇게 웃음과 슬픔이 섞였다.

세상에는 겉으로는 인간의 모습을 하고 있지만 영혼이
없는 자가 꽤 많다. 그의 최고작으로 꼽히는 희곡『세
자매』는 영혼이 부재한 나타샤가 무대를 장악해가는
희곡이다. 세상의 속악이 눈치 못 채게 스며들어 세계를
장악하듯이, 그녀는 처음에는 수줍게 다가와서 끝내
고향 모스크바를 꿈꾸는 세 자매를 향해 폭언을 퍼부으며
무대에서 몰아낸다. 세 자매가 반복하는 "모스크바로
가야 해! 모스크바! 모스크바!"라는 대사는 영혼의
신음이었다.

병자와 빈민 구제에 전념하던 1892년에 쓴 단편소설
「아내」에는 부유하고 교육도 잘 받고 고위 관료로 행정
일에도 능숙하며 은퇴 이후에는 딴짓하지 않고 그동안
축적했던 지식을 후손을 위한 자료로 남기려는 중후한
사내가 나온다. 이기적이지도 않아서 도움을 요청하는
빈민에게 구호금을 척 내놓고 어떻게 하면 구제 사업을

---

[*] 감상적 접근이 본질을 흐리게 만드는 것을 체호프는 잘 알았다.

잘 벌일까 고민하다 급기야 전 재산까지 기부하는 중년의
남자. 이 정도라면 여러 칭송이 나올 법도 하다. 그런데
그에게 인생 막바지에 이른 노인이 지적한다.

> "외모만 보면 자네는 진실한 사람 같긴 하지. (…) 자네
> 는 말도 고상하게 하고 지적이고 쳐다보기 힘든 높은
> 공직에도 있었네만, 이보게, 자네의 영혼은 진실하지
> 가 않아……. 영혼의 힘이 없어."

과학이 아무리 발달해도, 생명을 복제해도, 인간의 지능을
넘어서는 인공지능을 개발해도 영혼은 만들 수 없다.
영혼은 설명할 수 없어 논리를 세울 수도 없고 분석할
수도 없으니 조립할 수도 없다. 하지만 체호프는 영혼을
"당나귀나 파충류와 인류를 구별시켜주는" 것이라고
강조했다.
풍요와 성장을 외치는 최첨단 과학기술 시대에 인간의
영혼을 보는 자연과학도 작가 체호프가 우리에게
절실하게 다가오는 이유가 여기에 있다.

체호프의 마지막 말

체호프는 의과대학을 졸업하던 무렵 처음 각혈한 후,
자기 몸을 돌보지 않고 빈민 구제와 병자 치료, 시베리아

횡단 등을 감행하며 쉬지 않고 글을 쓰다가 그만 건강을
잃었다.

1897년 3월 모스크바에서 심하게 객혈한 체호프는
1899년부터 흑해 연안의 도시 얄타에서 지냈다. 여기서도
작품 쓰기는 멈추지 않았다. 건강이 계속 악화되자 온천
요양을 권유받은 그는 아내와 함께 1904년 6월 9일 독일
바덴바일러로 갔다. 그곳에서 채 한 달도 못 지내고 7월
2일 새벽 세상을 떠났다.

아내 올가 크니페르는 그가 세상을 떠나고 4년 뒤에
출간한 회상록에서 체호프의 마지막 순간을 기록했다.
체호프 인생의 마지막 순간은 마치 체호프의 작품 같았다.
올가는 체호프가 의사를 부르고 샴페인도 가져다달라고
말한 다음, 마지막 순간을 맞았다고 썼다. 아내의
회상록에 적힌 체호프의 마지막 말은 "샴페인은 정말
오랜만이군"이다.

> 안톤은 유난히 똑바로 앉아서—그는 독일어를 거의 몰
> 랐지만—크고 분명한 목소리로 말했어요. Ich sterbe(죽
> 나 보오). 의사는 그를 진정시키고 주사기를 꺼내 캠퍼
> 주사를 놓은 다음 샴페인을 달라고 했어요. 안톤은 가
> 득 채운 잔을 들어 바라보더니 내게 미소를 지으며 이
> 렇게 말했지요. "샴페인은 정말 오랜만이군." 그는 잔을
> 비우고 조용히 왼쪽으로 누웠어요. 나는 얼른 달려가

침대 위로 몸을 굽히고 그를 불렀지만, 이미 숨을 거뒀
지요. 평화롭게 잠든 어린아이 같았어요.[※]

우리는 체호프의 문장들에서 고난에 대항하는 고민보다
고난을 품는 고민이 더 생산적이고 긍정적으로 미래를 열
수 있음을 읽을 수 있다.
보리스 파스테르나크의 소설 『닥터 지바고』에는
체호프처럼 의사이면서 작가인 주인공 지바고가 나온다.
한겨울 시베리아에서 지바고는 책을 읽다가 생각한다.
"체호프의 순박함. 인류의 궁극적인 목적이니 구원이니
하는 거대한 일에 대한 겸손한 무관심. 그런 것에 관하여
숙고하면서 전혀 건방지지 않은 것. 체호프는 마지막까지
예술가의 본분에 따른 일에 충실했고, 그 일을 하면서
조용히 누구에게도 상관하지 않는 개인적인 몫으로서의
자기 삶을 살았다. 그런데 그 일이 보편적인 관심사가
되면서 나무에서 딴 푸른 풋사과가 저절로 익어가듯이
점점 그 맛과 의미를 더해갔다."[※ ※]

체호프의 작품 세계는 소박하고 평이해 보인다. 평범하여

[※]   Olga Knipper, *Dear Writer, Dear Actress: The Love Letters of Anton Chekhov and Olga Knipper*, Ecco Press, 1997, p.284.

[※ ※]   Boris Pasternak, *Polnoe Sobranie Sochinenii IV*, Slovo, 2004, p.284.

그만큼 다양한 인물들, 다양한 감정의 상태들, 그들
사이의 여러 관계들, 그리고 그들을 둘러싼 일상의
디테일들과 해프닝들이 체호프의 전 작품을 관통한다.
이는 그가 세세하고 작은 것들, 구체적인 것들, 일상의
것들로 인생과 현실을 정직하게 직시하며 관찰한
덕분이다. 문학작품에서 어떤 거창한 사상을 기대하는
평론가들은 당대나 지금이나 체호프가 모호하다고
푸념한다. 논리를 찾기 때문이다. 슬픈 것은 슬픈 것이고
웃긴 것은 웃긴 것이지, 슬픈 게 웃기고 웃긴 게 슬픈 건
또 뭐냐고 말하는 것이다. 그러나 그렇기 때문에 체호프의
문장들은 긴 여운을 남기며 빛난다.
2013년 스웨덴 한림원은 캐나다 작가 앨리스 먼로에게
노벨문학상을 수여하면서 그 이유를 간단히 현대의
체호프이기 때문이라고 했다. 그동안 노벨문학상
수여 이유는 장황했는데 그해에는 단순했다. 네이딘
고디머는 "체호프가 없었다면 소설을 쓰는 우리들
가운데 누가 존재할 수 있었겠는가. 체호프가 없었다면
문학은 고리타분한 형식이 되고 말았을 것"이라고 했고,
레이먼드 카버는 "체호프를 읽으면 문학과 예술의 위대한
힘을 알 수 있다"고 했다. 버지니아 울프는 "체호프를
읽으면 자유의 놀라운 의미를 알게 된다"고 했고, 수전
손태그는 "체호프는 우리를 정신적으로 성숙하게
만들어주는 예술가"라고 했다. 여러 찬사가 이어지지만

막심 고리키가 체호프에게 쓴 표현이 가장 인상적이다.
"당신의 「개를 데리고 다니는 부인」을 읽고 나니 다른
사람의 작품은 전부 펜이 아닌 막대기로 쓴 것처럼
여겨집니다."

2024년 11월
오종우

혼적 없이 사라지는 것은 없으며,
우리가 내딛는 아주 작은 발걸음 하나하나가
현재와 미래의 삶에 중요하다고 나는 믿는다.
내가 견뎌온 일들은 결코 헛되지 않았다.

● 일러두기

1. 이 책은 안톤 체호프의 저작물과 편지들 가운데서 엄선한 문장을 엮은 것이다. 책에 수록된 문장들은 모두 러시아학술원이 국립나우카출판사에서 간행한 『체호프 30권 전집 Полное Собрание Сочинений и Писем в тридцати томах』에서 인용했다.

2. 외국 인명, 지명, 독음 등은 외래어표기법을 따르되 관용적인 표기와 동떨어진 경우 절충하여 실용적 표기를 따랐다.

3. 발췌문의 출전은 문장 말미의 기호 안에 표기해두었으며, 편지의 경우 작성한 시기를 병기했다.

4. 본문 아래 적힌 주석은 모두 옮긴이 주다.

5. 책 제목과 희곡 작품명은 『 』로, 편명은 「 」로, 잡지 등 매체명은 〈 〉로 묶었다.

● 단위 표기

베르쇼크   집게손가락 길이를 가리키며 약 4.4센티미터

아르신   손가락 끝에서 어깨까지를 가리키며 약 71센티미터

사젠   양팔을 옆으로 뻗었을 때 한 손의 손가락 끝에서 다른 손의 손가락 끝까지의 길이로 약 2.13미터

베르스타   500사젠으로 약 1.07킬로미터

I

삶의 진리에 대하여

1 **이리나** 인생은 가면 다시 오지 않을 텐데…….

『세 자매』

2 음, 모든 걸 다 알 수는 없겠지, 당연해……. 머리가
아무리 커도 세상을 모두 집어넣을 수는 없는 거야.

「검은 수사」

3 "나는 성심껏 행동했고 그 이후로도 신념을 바꾼 건
아닙니다. 그러나 지금 보니 정말 기쁘게도 당신에
대한 내 생각은 잘못이었습니다. 사람은 평탄한
길에서 넘어지기도 하는 법이지요. 인간의 운명이란
그런 겁니다. 큰 틀에서 틀리지 않았다고 해도
세부 사항에서 틀릴 수 있는 거죠. 아무도 진실을
모릅니다."
"그래요, 아무도 진실을 모릅니다……."

「결투」

4 '여기는 정말 넓고 자유롭고 고요하구나!' 오솔길을
따라 걸으며 코브린이 생각했다. '마치 온 세계가
숨어서 나를 바라보며 내가 자신을 이해해주기를
바라는 듯하다.'

「검은 수사」

5 　조각배가 서둘러 부두를 돌아 바다를 향해 나아갔다.
높은 파도 사이로 사라졌다가 이내 출렁이는 파도를
타고 오르는 조각배 속 사람과 노가 보였다. 조각배는
3사젠쯤 앞으로 갔다가 다시 2사젠 뒤로 밀렸다 하며
나아갔다.

"편지 보내게!" 사모이렌코가 외쳤다. "짓궂은 날씨에
고생이 많구먼!"

'그렇지, 누구도 진실을 알 수는 없지.' 라옙스키가
애잔한 눈길로 거칠고 어두운 바다를 보면서 생각했다.
'조각배가 뒤로 밀리긴 해도, 한 발짝 물러나다
두 발짝 앞으로 나아가고 있어. 노 젓는 사람이
높은 파도에 굽히거나 두려워하지 않고 끈기 있게
노를 저어나가고 있지. 조각배가 앞으로 앞으로
나아가더니, 봐, 이제 보이지 않잖아. 30분쯤 지나면
본선인 증기선의 불빛을 볼 것이고, 한 시간 후엔
증기선에 오를 트랩에 닿겠지. 인생도 마찬가지
아닐까……. 진실을 추구할 때 사람들은 두 걸음
앞으로 갔다가 한 걸음 뒤로 물러나기도 하지. 고민과
실수와 삶의 권태가 뒤로 물러나게 하지만, 진실에
대한 갈망과 굽히지 않는 의지가 앞으로 앞으로
나아가게 하지. 누가 알겠어? 아마도 그들은 진정한
진리에 도달하게 될걸…….'

「결투」

6 벗어날 수가 없어, 벗어날 수가. 우리는 연약하단
   말입니다……. 이전에 나는 침착했고, 밝고 건전하게
   논리적으로 생각했소. 하지만 현실이 나를 살짝
   건드리기만 했는데도 나는 좌절하고 말았소이다…….
   무너지고 말았소. 우리는 연약하지, 우리는 시시하단
   말이오……. 당신도 마찬가지요. 당신은 지적이고
   고상한 사람이오. 어린 시절부터 고결한 충동이
   몸에 배었지만, 현실 속으로 들어가자마자 지치고
   병에 걸린 것입니다……. 우리는 연약하고 연약하단
   말입니다!

「6호 병동」

7   **첼레긴, 소리 없이 들어와 문 옆에 앉아
            조용히 기타를 조율한다.**

보이니츠키 (소냐에게, 그녀의 머리를 쓰다듬으며) 애야,
나는 정말 괴롭구나! 내가 얼마나 괴로운지 너는 모를
거다!
소냐 어떡하겠어요, 그래도 살아야지요!

            사이.

바냐 아저씨, 사는 거예요. 길고 긴 낮과 오랜 밤들을

살아나가요. 운명이 우리에게 주는 시련들을 참아내요.
지금도, 늙은 후에도, 쉬지 말고 다른 사람들을 위해
일해요. 그런 후 우리의 시간이 찾아와 조용히 죽어
무덤에 가면 얘기해요. 얼마나 힘들었는지, 얼마나
울었는지, 얼마나 괴로웠는지. 하느님이 가엾게
여기시겠죠. 우리는, 아저씨, 사랑하는 아저씨, 밝고
아름답고 우아한 삶을 보게 될 거예요. 우리는 지금의
이 불행을 기뻐하며, 감격에 젖어 미소를 띠면서
돌아보겠죠. 그리고 쉬는 거예요. 나는 믿어요, 아저씨,
나는 뜨겁게, 간절히 믿어요…… (보이니츠키 앞에 무릎을
꿇고, 그의 팔에 머리를 기댄다. 지친 목소리로) 우리는 쉬게
될 거예요!

첼레긴, 나지막이 기타를 친다.

우리는 쉬게 될 거예요! 천사들의 소리를 듣게 될
거고, 보석이 깔린 하늘을 보게 될 거고, 지상의 모든
악과 우리의 모든 고통이 온 세계에 가득한 연민 속에
묻혀가는 것을 보게 될 거예요. 우리의 삶은 조용하고,
평온하고, 달콤하게 어루만져질 거예요. 나는 믿어요,
믿어요…… (손수건으로 그의 눈물을 닦는다) 불쌍한,
불쌍한 바냐 아저씨, 울고 있군요…… (눈물을 머금고)
아저씨는 즐거움을 모르고 살아왔지요. 하지만

기다려요, 바냐 아저씨, 기다려요……. 우리는 쉬게 될
거예요……. (그를 안는다) 우리는 쉬게 될 거예요!

야경꾼이 딱따기를 치는 소리.
첼레긴은 나지막이 기타를 치고 있다.
마리야 바실리예브나는 책자 가장자리에 뭔가를 쓰고 있고,
마리나는 발싸개를 뜨고 있다.

우리는 쉬게 될 거예요!

천천히 막이 내린다.

『바냐 아저씨』

8　**니나**　인간도, 사자도, 독수리도, 뇌조도, 뿔이 난
사슴도, 거위도, 거미도, 물속에 사는 말 없는 물고기도,
불가사리도, 눈에 보이지 않는 미생물도, 그 모든
생명, 생명, 생명도 슬픈 순환을 마치고 사라졌다…….
이미 수천 세기 동안 지구에는 살아 있는 생명체가
하나도 없다. 창백한 달만 헛되이 그 빛을 밝히고
있구나. 초원은 이제 두루미의 울음소리로 깨어나지
않고, 5월의 딱정벌레 소리도 보리수 덤불 속에서
들리지 않는다. 춥다, 춥다, 춥다. 공허하다, 공허하다,
공허하다. 무섭다, 무섭다, 무섭다.

사이.

살아 있는 육체들은 먼지가 되었고, 영원한 물질은
그것들을 돌과 물과 구름으로 만들었도다. 그들
모두의 영혼은 하나로 합쳐져 단일한 세계영혼을
이뤘으니, 그것이 나…… 나다……. 내 안에는
알렉산드로스 대제의 영혼도, 카이사르의 영혼도,
셰익스피어의 영혼도, 나폴레옹의 영혼도, 하등 생물
거머리의 영혼도 함께 있도다. 내 안에서 인간의
의식이 동물의 본능과 융합되어, 나는 모든 것, 모든
것, 모든 것을 기억하고 있다. 그 각각의 생명을 나는
내 안에서 다시 체험하고 있다.

도깨비불들이 나타난다.

아르카지나 (작은 목소리로) 어딘지 데카당한데.
트레플레프 (애원과 비난이 뒤섞인 말투로) 어머니!
니나 나는 혼자다. 100년에 한 번 나는 입을 열어
말하지만, 나의 목소리는 허공 속에서 쓸쓸하게 울릴
뿐 아무도 듣는 이 없다……. 너희들, 창백한 불빛들은
나의 말을 듣지 않는구나……. 새벽 무렵 너희들은
썩은 늪에서 태어나 동이 트기 전까지 떠돌지만,
생각도, 의지도, 생명의 떨림도 없다. 너희들 속에서

생명이 생겨날 것을 두려워하여 영원한 물질의
아버지, 악마가 돌이나 물에서처럼 너희들에게
매 순간 원자의 교체를 일으켜 끊임없이 변하게
한다. 우주에서 영원토록 변치 않는 것은 오직 하나,
영혼뿐이다.

사이.

깊고 텅 빈 우물 속에 던져진 포로처럼 나는 내가
어디에 있으며 나에게 무엇이 다가오는지 알지
못한다. 오직 분명한 것은, 물질의 힘의 근원인
악마와 집요하고 처참한 싸움을 벌여 내가 끝내
이기리라는 것, 그 뒤 물질과 영혼이 아름다운
조화로 융합되어 세계 의지의 왕국이 도래하리라는
것이다. 그러나 그것은 아주 천천히, 수천 년의 길고
긴 세월이 지나고, 달도, 찬란한 시리우스도, 지구도
모두 티끌로 변한 이후에야 비로소 올 것이다…….
그때까지 공포, 공포뿐이다…….

『갈매기』

9   "이보게, 친구. 무섭고 신비롭고 환상적인 것을
말하고 싶을 때 우리는 왜 실제의 인생이 아니라
유령과 사후 세계를 들먹일까?"

"이해할 수 없어서 무서운 거야."

"아니 그렇다면 실제의 인생은 이해되나? 말해보게,
정말 당신은 사후 세계보다 우리가 사는 현실을 더 잘
이해하긴 하나?"

「공포」

10 "당신은 신기루일 뿐이야." 코브린이 웅얼거렸다.
"도대체 왜 여기로 와 앉아 있는 거지? 전설하고
다르잖아?"

"아무럼 어때." 수사가 조금 있다가 그에게 얼굴을
돌리고 낮은 목소리로 대답했다. "전설, 신기루,
그리고 나, 이 모두는 다 네가 지나치게 흥분해서
상상으로 만들어낸 산물이야. 나는 환영이지."

"그렇다면 당신은 존재하지 않는 건가?" 코브린이
물었다.

"좋을 대로 생각하게." 수사가 이렇게 말하고
희미하게 미소 지었다. "나는 너의 상상 속에서
존재하고, 너의 상상은 자연의 일부지. 그러니까 나는
바로 자연 속에 존재하고 있어."

"당신은 아주 노련하고 현명해 보이는, 무척이나
인상적인 얼굴을 가졌군. 당신은 정말로 천 년도
더 산 것 같아 보여." 코브린이 말했다. "나는 내
상상력이 이런 현상들을 만들어낼 줄 몰랐어. 그런데

당신은 왜 나를 그렇게 기쁜 표정으로 바라보지? 내가
마음에 드나?"

"그럼. 너는 신이 선택한 자라고 불려야 옳은 몇 안
되는 사람들 가운데 한 명이거든. 너는 영원한 진리를
섬기고 있어. 너의 생각, 너의 의도, 너의 놀라운
학문, 그리고 너의 삶 전부는 그 안에 신의 흔적,
천상의 흔적을 담고 있다고. 영원한 진리에 전념하고
있으니까 말이야."

"영원한 진리라……. 그런데 영원히 살지 못하는
사람에게 영원한 진리가 가능할까? 그리고 또
필요할까?"

"영원한 생명은 있지." 수사가 말했다.

"사람이 불멸한다고 믿는 건가?"

"그럼, 물론. 너희 인간들을 위한 위대하고 빛나는
미래가 기다린다네. 지상에 너와 같은 인간이
많아진다면 그 미래가 더 빨리 올 텐데. 고귀한
원칙을 섬기며 의식을 가지고 자유롭게 사는 너 같은
인간들이 없다면 인류는 하찮아질 거야. 인류가
자연스러운 질서에 따라 발전한다면 이 지상에서
역사의 궁극은 지체되어 오래도록 기다려야 할
것이야. 너 같은 인간들이 인류를 수천 년을 앞당겨
영원한 진리의 왕국에 들어가도록 해주지. 이것이
너희의 고귀한 공적이야. 너희는 사람들 속에 잠자고

있는 신의 축복을 구현하는 거지."

"그렇다면 영원한 생명의 목적은 무엇인가?"
코브린이 물었다.

"어떤 생명이나 그렇듯이 즐거움이야. 진정한
즐거움은 지식 속에 있고, 영원한 생명은 이 지식에
고갈되지 않는 무한한 원천을 제공한다네. '내 아버지
집에 거할 곳이 많다'※는 이런 의미의 말이지."

"그런 소리를 들으니 기분은 좋군." 유쾌해진
코브린이 손을 비비며 말했다.

"나도 기쁘네."

"하지만 당신이 사라지면 나는 당신의 존재에 대한
물음으로 혼란스러워질 거야. 당신은 환영이고
환각이지. 그렇다면 내가 정신병에 걸려 정상이
아니라는 건가?"

"그럴지도 모르지. 그렇지만 그게 무슨 상관인가?
네가 아픈 건 지나치게 과로해서 지쳤기 때문이야.
그러니까 너는 관념을 위해 자신의 건강을 희생한
거고, 또 머지않아 목숨도 내놓을 거야. 뭐가 더 좋은
일이겠는가? 천부적인 재능과 고상한 기질을 모두
관념에 전념하는 것이 더 낫지 않을까."

"내가 정신병에 걸렸다면, 과연 나 자신을 내가 믿을

※   요한복음 14장 2절.

수 있을까?"

"온 세계가 믿는 천재적인 사람들이 환영을 본 적이
없다고 말할 수 있을까? 요즘 학자들은 천재가 광기에
가깝다고 말하지. 이 친구야, 평범한 사람들이나
건강하고 정상적인 거야. 과민한 시대, 과로, 병 등에
대해 심각하게 염려하는 것은 삶의 목적을 현재에
두고 있는 자들, 즉 인간들 무리나 하는 일이야."

"'건강한 몸에 건강한 정신Mens sana in corpore sano'이라고
로마 사람들이 말했어."

"로마나 그리스 사람이 말한 것이 전부 다 옳은 건
아니야. 고양된 기분, 흥분, 엑스터시. 예언자나
시인이나 관념을 추구하는 순교자 들을 평범한
사람으로부터 구별시켜주는 이런 것들은 인간의
동물적 측면, 즉 육체적 건강 같은 것과 조화를 이룰
수 없어. 다시 말하지만, 건강하고 정상적이고 싶다면
무리 속으로나 들어가게."

"이상하군, 지금 당신이 말하는 것은 나 자신이 자주
생각했던 거야." 코브린이 말했다. "당신은 내 숨은
생각을 마치 엿듣고 엿보고 있는 듯하군. 나에 대한
이야기는 그만하고, 말해보게, 당신이 말하는 영원한
진리란 무엇인가?"

수사는 대답하지 않았다. 코브린이 그를
쳐다보았으나 얼굴이 잘 보이지 않았다. 그의 윤곽이

뿌예지고 흐릿해졌다. 그러다 그의 머리와 팔이
사라지기 시작했다. 그의 몸이 벤치, 그리고 저녁의
어스름과 뒤섞이더니 완전히 사라졌다.
"환각이 끝났어!" 코브린이 이렇게 말하고 웃었다.
"안타깝군."

「검은 수사」

11   물질의 순환. 불멸을 대신하는 이 말로 자기 자신을
위로하는 모습은 얼마나 어리석은가! 자연 속에서
진행되는 이 무의식적인 과정은 인간의 어리석음보다
못하다. 인간의 어리석음 속에는 어쨌거나 의식과
의지가 있지만, 자연의 이 과정 안에는 아무것도
없기 때문이다. 죽음 앞에서 진지하지 못하고 공포에
떠는 겁쟁이들은 자기 몸이 시간이 흐르면 풀이나
돌이나 두꺼비가 될 거라고 스스로 위로한다. 물질의
순환에서 불멸을 찾으려는 태도는 이미 부서져
쓸모없게 된 값비싼 바이올린의 케이스를 보며
화려한 미래를 예언하는 것만큼이나 이상한 일이다.

「6호 병동」

12   "기억하세요, 아저씨, 제 성격이 고약하고 같이
있기가 힘들다고 하셨죠. 어떻게 해야 성격이
바뀔까요?"

"모르겠네. 이보게…… 나는 힘없는 늙은이야.
피부도 늘어졌다네. 어떻게 자네한테 충고할 수
있겠나……. 그래……. 내가 자네를 좋아하고,
자네 아내도, 또 자네 부친도 좋아하니까 그때
그런 말을 한 거네……. 그래, 곧 죽을 텐데
자네한테 뭘 숨기겠나? 거짓말을 할 필요도 없지.
그래서 하는 말이네만, 자넬 무척 좋아하긴 해도
높이 사지는 않아. 그래, 존경하지는 않지."
그는 내 쪽으로 몸을 돌리고 숨을 가쁘게
몰아쉬면서 속삭이듯 중얼거렸다.
"이보게, 자네를 높이 사기는 힘들어. 외모만
보면 자네는 진실한 사람 같긴 하지. 용모에는
꼭 프랑스의 카르노 대통령[※] 같은 위엄도 있고,
최근에 그 양반을 주간지 〈일러스트레이션〉에서
봤네만…… 그래……. 자네는 말도 고상하게
하고 지적이고 쳐다보기 힘든 높은 공직에도
있었네만, 이보게, 자네의 영혼은 진실하지가
않아……. 영혼의 힘이 없어."

「아내」

[※] 마리 프랑수아 사디 카르노(Marie François Sadi Carnot, 1837~1894). 프랑스 제3공
화국의 대통령.

13 "어디 가는 길이냐?" 노인이 마차를 따라 걸으며
물었다.

"공부하러 가요." 예고루시카가 대답했다.

"공부하러 간다고……. 그렇구나, 지혜란 좋은 거지.
그래, 지혜가 두 개 있으면 더 좋을 거야. 신이 어떤
사람에게는 지혜를 하나만 주시고, 어떤 사람에게는
두 개를 주신단다. 또 어떤 사람에게는 세 개를
주시지……. 그렇지, 세 개를……. 첫 번째 지혜는
어머니 뱃속에서 태어날 때 받는 머리고, 두 번째
지혜는 공부를 하다 보면 받게 되고, 세 번째 지혜는
인생을 좋게 살면 얻을 수 있단다. 꼬마야, 그러니까
말이다, 지혜가 세 개 있으면 참 좋지 않겠냐. 그런
사람은 사는 것도 죽는 것도 힘들지 않아, 죽는
것도……. 누구나 죽기 마련인데 말이다."

「대초원」

14 죽는 것은 아무것도 아니란다. 그런데 말이다, 자기
잘못을 뉘우치지도 부끄러워하지도 않고 죽는다면
그건 다른 문제야. 마음이 뻔뻔한 채 죽는 것보다 더
사악한 것은 없거든. 뻔뻔한 마음으로 죽으면 악마가
기뻐한단다.

「대초원」

15 오늘 당신은 인간의 가장 큰 적을 물리쳤습니다. 바로 교만을 말이죠.
「결투」

16 오, 자신의 운명을 똑바로 대담하게 바라보고 자신이 옳다는 것을 깨닫고 즐겁고 자유로울 수 있는, 그런 새롭고 빛나는 삶이 빨리 와주었으면! 그래, 그러한 인생은 언젠가 꼭 올 거야!
「약혼녀」

17 안락과 편리함은 마법과 같은 힘을 가지고 있어서, 의지가 강한 사람들조차 그것에 조금씩 조금씩 굴복해간다.
「나의 삶」

18 **니나** 악마는 인간이 없으면 권태롭다.
『갈매기』

19 그 여자는 생계 때문에 교사가 되었다. 소명감 같은 것은 없었다. 그녀는 교사의 소명에 대해서도 교육의 필요성에 대해서도 전혀 생각해본 적 없었고, 자신의 일에서 가장 중요한 것은 학생이나 교육이 아니라 늘 시험인 것 같았다. 사실 언제 그녀에게 소명에

대해서, 교육의 필요성에 대해서 생각해볼 여유가
있었겠는가? 교사, 가난한 의사, 구급대원 들은
끔찍하게 힘든 노동을 하기에 이상이나 국민을 위해
봉사한다는 생각을 할 겨를조차 없다. 머릿속은 항상
빵 한 조각, 장작, 험한 도로, 질병에 대한 생각으로
가득 차 있기 때문이다. 인생은 힘겹고 고단하고
따분해서, 마리야 바실리예브나 같이 묵묵히 무거운
짐마차를 끄는 말처럼 살아야 진득하게 견뎌낼
수 있는 법이다. 소명을 들먹이고 이상을 위해
봉사한다고 떠드는 기운 넘치고 흥분 잘하고 예민한
사람들은 금방 지쳐 포기한다.

「마차에서」

20 **니나** 이제는 그렇지 않아…… 이제는 진짜 배우예요.
나는 즐겁게 희열을 느끼며 연기해요, 무대에 취해 나
자신을 아름답게 여기면서. 여기 머무는 동안 종일
걸어 다니면서, 매일매일 나의 정신력이 성장하고
있다고 생각하고, 생각하고, 또 느꼈어요……. 이제는
알 것 같아, 코스챠. 우리의 일에서, 연기를 하건 글을
쓰건, 중요한 것은 꿈꿨던 빛나는 명예가 아니라
견뎌내는 능력이에요. 자기 십자가를 지고 믿음을
가져야 하죠. 나는 믿음을 가지고 있어서 고통스럽지
않아요. 내 소명을 생각할 때면 인생이 두렵지 않지요.

『갈매기』

21 **베르시닌** 흥미로운 건, 앞으로 무엇을 높고 귀하게
여기게 될지, 무엇을 한심하고 우습게 여기게 될지
지금 우리로서는 전혀 알 길이 없다는 겁니다.
코페르니쿠스나 콜럼버스의 발견은 처음에는
쓸데없고 우스꽝스럽게 생각됐지만, 괴팍한 사람이
쓴 시시한 글은 마치 진리인 양 대접받지 않았었나요?
그러니 지금 우리가 너그럽게 받아들이는 이 생활도
시간이 지나면 이상하고, 불편하고, 한심하고, 어쩌면
불결할 뿐만 아니라, 심지어 죄악에 물든 것이 될지도
모릅니다…….

『세 자매』

22 살을 에는 차가운 바람이 불면서 비가 내리기
시작하더니 온종일 그치지 않았다. 이르티시강에서
나를 태우고 18베르스타를 온 자유민 마부 표도르
파블로비치가 더는 갈 수 없다고 말했다. 이르티시강
옆 초원이 비에 잠겼기 때문이다. 어제 푸스틴스크
지역에서 온 쿠지마는 하마터면 말과 함께 익사할
뻔했다고 한다. 표도르 파블로비치는 기다려야
한다고 말했다.
"그렇다면 언제까지 기다려야 합니까?" 내가 물었다.

"글쎄, 그걸 누가 알겠소. 하늘에 물어보시오."

『시베리아에서』

23 사랑하는 여러분, 인생은 짧습니다. 그러니 더 잘
살아야 합니다.

「3년」

24 랍테프는 무심히 그를 바라보며 앞으로 어쩌면 13년,
아니 30년을 더 살아야 할 텐데 하고 생각했다. 앞으로
무슨 일을 겪게 될까? 우리의 미래는 어떻게 될까?
그는 생각했다. '살다 보면 알게 되겠지.'

「3년」

25 도시에 사는 겨울 동안 표트르 세르게이치가 가끔
우리를 방문했다. 시골에서 사귄 사람은 시골에서만,
그것도 여름에만 매력적인 법이다. 도시에서, 게다가
겨울에, 그들은 매력의 절반을 잃는다. 도시에서 차를
대접하면, 다른 사람의 프록코트를 빌려 입은 것 같은
그들은 지나치게 오랫동안 스푼으로 차를 젓는다.
표트르 세르게이치는 도시에서도 사랑을 고백하곤
했지만, 그 결과는 시골에서와 전혀 달랐다.

「어느 여인의 이야기」

26 이오나의 눈동자가 거리 양옆을 바쁘게 오고 가는
사람들을 좇아 불안하고 고통스럽게 흔들렸다.
이렇게 많은 사람 가운데 그의 말을 들어줄 사람이 단
한 사람도 없는 걸까? 그도, 그의 슬픔도 아랑곳하지
않고 군중은 바삐 지나다니고 있었다.
「애수」

27 두 사람은 이런저런 이야기를 나누었다. 그러다가
촌장의 아내인 마브라가 화제에 올랐다. 마브라는
몸도 건강하고 머리도 좋은 여자인데 평생 마을
밖으로 나가본 일이 없고 시내도 철도도 본 적이 없을
뿐만 아니라 최근 10년 동안은 밤에만 잠깐 외출하고
줄곧 아궁이 옆에 앉아만 있다는 것이었다.
"그게 무슨 놀랄 일이라도 되나요." 부르킨이 말했다.
"세상에는 소라게나 달팽이처럼 자기 껍데기 속으로
들어가려고만 하는, 천성이 외톨이 기질인 사람들이
적지 않아요. 어떻게 보면 그것은 아직 사회적 동물이
되지 못한 인류의 조상이 혼자 동굴 속에서 살았던
시절로 돌아가려는 격세유전의 현상이거나, 아니면
인간의 여러 성격 중 하나인지도 모르죠. 그걸 누가
알겠습니까? 지는 자연과학자가 아니라서 정확한
이유야 알 수 없지만요, 제가 말하려는 것은 마브라
같은 사람들이 적지 않다는 거죠. 멀리 찾을 필요도

없이, 두 달 전에 사망한 우리 학교 동료 교사인
그리스어 선생 벨리코프가 그랬습니다. 당신도
아마 그 사람에 대해서 들어봤을 겁니다. 그 사람은
아무리 날씨가 좋아도 항상 덧신을 신고 우산을
들고 솜이 들어간 방한 외투까지 입고 다녀서 늘
눈에 띄었으니까요. 우산은 커버 속에 넣어 다녔고
시계는 가죽으로 만든 케이스에 넣고 연필 깎는
칼도 글쎄 작은 자루 속에 두었더라고요. 마치
커버로 얼굴을 가리듯이 항상 옷깃을 세우고 목을
움츠리고 다녔습니다. 검은 안경을 쓰고 귀는 솜으로
틀어막고 마차에 타면 덮개를 치게 했지요. 한마디로
그 사람은 끈질기게 자신을 껍데기로 두르려 했던
겁니다. 그러니까 외부 세계로부터 자신을 격리해서
보호해줄 상자 같은 것을 만들었던 것이죠. 현실은
그를 초조하게 하고 두렵게 만들어서 항상 불안에
빠뜨렸습니다. 그가 늘 과거를 미화하고 일어나지도
않은 일을 꾸며 찬양하는 건 아마도 현실을 거부하는
소심하기만 한 자기 자신을 정당화하려는 것인
듯했습니다. 그가 가르치는 고대어도 그에게는
사실상 현실에서 도피할 때 쓰는 덧신과 우산 같은
것이 아니었나 합니다.”

「상자 속의 사나이」

28   **트레플레프**   어머니의 이름은 끊임없이 신문에
오르내리는데, 그것도 저를 지치게 합니다. 이따금
제 속에 더러운 이기심이 생겨나 어머니가 유명한
배우라는 사실이 싫어진답니다. 어머니가 평범한
여자였더라면 더 행복했을 텐데. 외삼촌, 제가
절망적이고 바보 같아질 때는 말이죠, 저명한
인사들과 배우들 그리고 작가들이 끊임없이
드나드는데 그 사이에서 저 혼자만 아무것도 아닐
때예요. 어머니의 아들이라는 이유만으로 그 자리에
있는 겁니다. 대체 저는 누구죠? 저는 무엇인가요?
대학교 3학년 때 제적당했고, 재능도 없고, 돈도 한 푼
없는 데다가 신분증에는 키이우의 일반 시민이라고
쓰여 있어요. 아버지도 뛰어난 배우셨지만 사실
키이우의 일반 시민이었죠. 어머니의 응접실에서
유명한 배우들과 작가들이 저를 친절하게 대할
때면 그 시선 속에서 그 사람들이 저를 하찮게
여기고 있다는 것을 느꼈습니다. 굴욕감으로
고통스러웠습니다…….

『갈매기』

29   **니나**   정말 이상해, 유명한 여배우가 그렇게 사소한 일
때문에 울다니! 저명한 작가가, 대중의 사랑을 받고
신문마다 기사가 실리고 초상화가 팔리고 다른 나라

말로 번역이 되는 저명한 작가가 온종일 낚시질이나
하며 잉어 두 마리를 잡았다고 기뻐하다니, 정말
이상해. 유명한 사람들은 옆에 가까이 갈 수 없을
정도로 고고한 줄 알았는데. 유명한 사람들은,
가문이나 따지고 재산이나 챙기는 대중에게 복수라도
하듯이, 빛나는 자신의 명성으로 그들을 멸시하는 줄
알았는데. 그런데 그런 사람들이 이처럼 울기도 하고,
낚시질도 하고, 카드놀이도 하고, 웃기도 하고, 화를
내기도 하다니, 다른 사람들처럼……

『갈매기』

30   음식을 먹는 동안 일상적인 대화가 오갔다. 이들이
하는 이야기를 들으면서 예고루시카는 새로 알게
된 마부들이 나이도 다르고 성격도 제각각이지만 한
가지 공통점을 가지고 있다는 것을 알게 되었다. 이
사람들의 과거는 모두 아름다웠지만 현재는 아주
나쁘다는 사실이었다. 그들은 모두 환희에 차서
지나온 날들을 이야기했지만 지금 삶에 대해서는
거의 경멸하듯이 말했다. 러시아 사람은 회상에
잠기는 것은 좋아하지만 현재를 살아가는 일에는
흥미를 느끼지 못한다. 어린 예고루시카는 아직 잘은
몰랐지만, 음식을 다 먹기도 전에 솥단지 주위에
둘러앉은 이 사람들이 모두 운명에 짓눌려 화를 내고

있다고 확신했다.

「대초원」

31 아보긴과 의사는 얼굴을 마주 보고 서서 분노에 찬
    목소리로 서로에게 도가 넘는 모욕적인 말을 멈추지
    않고 퍼부었다. 그들은 평생 한 번도, 헛소리로라도
    그렇게 지독하고 잔인하고 어리석은 말을 내뱉은
    적이 없었다. 두 사람에게 불행한 사람의 에고이즘이
    강하게 나타난 것이다. 불행한 사람은 이기적이고
    심술궂고 불의하고 잔인하며, 아둔한 사람보다 더
    상대방을 이해하지 못한다. 불행한 사람들은 서로
    화합하지 못하고 분열하며, 슬픔이라는 동질적
    감정으로 서로 연합할 것 같은 상황에서조차
    상대방에게 모질고 혹독하다.

    「적들」

32 대화를 계속하는 건 무의미했다. 아버지는 자신만을
    숭배하듯 사랑했고 또 자기 말만 들었기 때문이다.

    「나의 삶」

33 다음 날인 일요일에 그는 학교 부속 교회에 갔다가
    교장과 동료 교사들을 만났다. 그는 이들 모두가
    자신들의 무식과 생활에 대한 불만을 감추려고

급급해하는 모습을 보았다. 그 자신도 불안을
드러내지 않으려고 유쾌하게 웃으며 쓸데없는
이야기를 늘어놓았다.

「문학 교사」

34 침을 튀기고 주먹을 테이블에 내리치며 격렬하게
끝없이 이어지는 러시아식 논쟁이 기억났다. 서로
이해하지도 못하면서 남의 말에 끼어들고 자기가
무슨 말을 하는지도 몰라 모순된 주장을 내세우며
내키는 대로 주제를 바꿔가면서 두세 시간씩
다투다가 사람들은 웃음을 터뜨렸다. "이런 젠장,
대체 왜 우리가 논쟁을 벌이고 있는 거야! 안부를
물으며 시작했는데 명복을 빌고 있잖아!"

「베로치카」

35 블라고보와의 만남은 나를 정신적으로 성장시켰다.
나는 종종 그와 논쟁을 벌였고 보통 내 의견을
고수했지만, 그 논쟁 덕분에 내 모든 주장이 다
선명하지는 않다는 점을 점차 깨달을 수 있었다.
그래서 나는 양심에 거리끼지 않는, 가능한 한 명확한
신념을 기르려고 노력했다. 그렇지만 우리 마을에서
가장 교육을 많이 받고 뛰어난 그도 완벽한 건
아니었다. 모든 대화를 논쟁으로 이끌고 가는 그의

태도나 습관, 매력적인 테너 톤의 목소리, 심지어
다정한 모습에서조차 투박하고 무례한 면이 숨어
있었다. 그가 코트를 벗고 실크 셔츠 하나만 입고
있을 때나 선술집 종업원에게 찻값을 던져줄 때 보면,
물론 그의 독특한 스타일이라고 생각은 하지만 그
안에 숨어 있는 야만성은 감출 수 없었다.

「나의 삶」

36 **니나**   무슨 나무죠?

트레플레프   느릅나무.

니나   왜 이렇게 검은가요?

트레플레프   날이 저물어서 모든 게 다 검게 보이는

거예요.

『갈매기』

37 **도른**   술과 담배는 개성을 없애버립니다. 시가
한 모금이나 보드카 한 잔을 하고 나면, 표트르
니콜라예비치가 아니라 표트르 니콜라예비치
더하기 누군가가 되는 거지요. 당신이란 존재는
흩어져버리고, 자기 자신이 삼인칭 '그'가 됩니다.

『갈매기』

38 **도른**   진지하게 인생을 대하셔야 합니다. 예순 살이나

돼서 치료를 받겠다고 하거나 젊은 시절에 제대로
즐기지 못했다고 불평하는 것은, 죄송하지만, 경박한
태도입니다.

『갈매기』

39 **아스트로프** 사순절 셋째 주에 전염병이 돌고 있는
말리츠코예에 갔었지……. 발진티푸스……. 농가에는
사람들이 뒹굴었고…… 진창에, 악취에, 연기에, 집
안에는 송아지들과 환자들이 나란히 누워 있더군……
새끼 돼지까지……. 온종일 한 번도 걸터앉지 못하고
음식 한 조각도 먹지 못하고 매달렸어. 그리고 집에
돌아왔는데 조금도 쉴 겨를을 주지 않더군. 철도에서
역무원을 데려온 거야. 그자를 수술하려고 눕혔는데,
마취제를 맞고는 갑자기 죽어버렸어. 그런데 이렇게
엉뚱한 때에 감정이 깨어나 양심을 쑤셔대니, 마치
내가 일부러 죽이기라도 한 것처럼…….

『바냐 아저씨』

40 **보이니츠키** 아, 속았어! 저 교수, 저 볼품없는 통풍
환자를 숭배해서 황소처럼 일했다니! 나와 소냐는
이 영지의 마지막 한 방울까지 짜냈어. 우리는
구두쇠처럼 식용유와 완두콩과 치즈를 조금도
먹지 않고 내다 팔아 번 푼돈으로 수천 루블을

만들어 그자에게 보냈어. 그자와 그자의 학문이
자랑스러웠어. 그자 때문에 살았고, 그자를 위해서 숨
쉬었던 거야! 그자가 쓰고 말하는 모든 게 나에게는
대단해 보였어…… 그런데 지금은? 그자가 이렇게
퇴직하고 나니, 그자 인생의 결과가 모두 다 드러났어.
한 페이지의 저작도 남아 있지 않았다고. 그자는 전혀
유명하지 않았어. 아무것도 아니라고! 비누 거품이야!
속았어…… 이제 알아, 바보같이 속았다는 걸…….

『바냐 아저씨』

41 아스트로프 정말 내가 많이 변했어?

마리나 정말. 그때는 젊고 아름다웠는데, 지금은
늙었어요. 아름다움은 이미 사라져버렸고, 거기다가
술까지 마시니.

아스트로프 그래……. 10년 만에 딴사람이 되었어. 왜
그러느냐고? 일에 지쳤어, 유모. 아침부터 밤까지 늘
서서 쉬지도 못하고, 밤이 되어 잠자리에 들더라도
환자에게 끌려갈까 전전긍긍. 우리가 알고 지낸
이래로 나는 하루도 쉬지 못했지. 그러니 어찌 늙지
않겠어? 게다가 생활 자체도 따분하고, 멍청하고,
더러우니……. 그런 생활이 나를 졸라매고 있지.
주위에는 온통 이상한 사람들, 이상한 사람들뿐이니.
그런 사람들하고 이삼 년만 살아도 자기도 모르는

새 점차 이상한 사람이 되고 말걸. 어쩔 수 없는
운명이야. (긴 콧수염을 꼬며) 이런, 콧수염이 많이
자랐군……. 멍청한 콧수염. 나는 이상한 사람이
되었어, 유모……. 다행히 아직 멍청해진 건 아니지만.
뇌는 제자리에 있거든. 하지만 감정은 많이 무뎌졌어.
아무것도 원치 않고, 아무것도 필요치 않아. 나는
아무도 사랑하지 않아……. 그래도 유모만은
좋아하지. (유모의 머리에 입을 맞춘다) 어렸을 때 내
유모 같아.

『바냐 아저씨』

42 **소냐** 당신은 고상하고, 그토록 온화한 목소리를
가지고 계신데……. 거기다가 내가 아는 그
누구보다도 훌륭하신데. 그런데 왜 술이나 마시고
노름이나 하는 평범한 사람들을 닮으려고 하시나요?
그러지 마세요, 제발 부탁드려요! 사람은 창조는 하지
않고 주어진 것을 파괴만 하고 있을 뿐이라고 항상
말씀하셨죠. 도대체, 도대체 왜 당신은 자기 자신을
파괴하는 거죠? 그러지 마세요, 그러지 마세요,
부탁드려요, 제발 그러지 마세요.

『바냐 아저씨』

43 **엘레나 안드레예브나** 저도 이제는 지쳤어요……. 제발

그만 좀 하세요.

세레브랴코프 그러니까 나 때문에 모두 지치고 따분하고 자기 젊음을 망쳤고, 오직 나만 인생을 즐기고 만족스러워한다는 거지. 그래, 다 옳아!

옐레나 안드레예브나 그만하세요! 저를 왜 이렇게 괴롭히는 거예요!

세레브랴코프 나는 모두를 괴롭히고 있지. 물론이야.

옐레나 안드레예브나 (눈물을 보이며) 참을 수 없어요! 대체 제게 뭘 바라시는 거죠?

세레브랴코프 아무것도.

옐레나 안드레예브나 그럼 그만하세요. 부탁이에요.

세레브랴코프 이상한 일이야, 이반 페트로비치나 저 바보같이 늙은 마리야 바실리예브나가 어떤 말을 해도 다 잘 들어주면서, 내가 한마디라도 하려고 하면 모두 곧바로 자신들이 비참하다고 느끼기 시작하니. 내 목소리도 싫은가 봐. 그래, 내가 혐오스럽고, 이기적이고, 폭군 같다고 하지. 하지만 이 늙은 나이에 이기적일 권리마저 없는 건가? 내게 그럴 가치도 없단 말이야? 묻고 싶어, 정말, 편안한 노년을 보내고 또 다른 사람들의 관심을 끌 권리도 나에게 없단 말이야?

옐레나 안드레예브나 당신의 권리에 뭐라는 사람은 아무도 없어요.

창문이 바람에 덜거덕거린다.

엘레나 안드레예브나 바람이 부는군요. 창문을
닫아야겠어요. (닫는다) 비가 올 모양이에요. 아무도
당신의 권리에 뭐라는 사람은 없어요.

사이. 밖에서 야경꾼이 딱따기를 치며 노래를 부른다.

세레브랴코프 평생 학문을 위해 일했어. 서재, 강의실,
훌륭한 동료들에 익숙해졌지. 그런데 갑자기, 아무
이유도 없이 이런 묘지 같은 곳에 뚝 떨어져, 매일
이런 어리석은 사람들을 만나고 쓸데없는 이야기나
듣고 있다니……. 나는 살고 싶어, 나는 성공을
사랑하고 명성과 떠들썩한 걸 사랑해. 하지만 여기는
유형지 같아. 매 순간 과거를 그리워하고, 남들의
성공만 지켜보고, 죽음을 두려워해……. 그럴 순 없어!
견딜 수 없다고! 게다가 여기에서는 내가 늙었다는 걸
봐주려고 하지 않거든!
『바냐 아저씨』

44 **아스트로프** 똑똑하고 예민한 이들은 히스테릭해졌고,
분석과 성찰에 의해 망가져버렸죠……. 이런

사람들은 불평하고, 미워하고, 병적으로 비방하며,
삐딱하게 나를 힐끔 쳐다보고는 이렇게 단정합니다.
아, 미쳤군.

『바냐 아저씨』

45 돈을 아끼려고 열차의 삼등칸을 타고 철도 여행을
했다. 승객의 절반가량은 깨끗한 사람들이었다.
미하일 아베랴니치는 금세 모든 승객과 친숙해져서
좌석을 옮겨 다니며 큰 소리로 떠들어댔다. '이런
불쾌한 철도로 여행을 하는 것이 아니다, 주위에는
사기뿐이다, 말을 타고 여행하면 다르다, 하루에
100베르스타를 거뜬히 달리고 나면 기분도 상쾌하고
좋다, 우리 지역에서 농작물이 잘되지 않는 것은
핀스키 늪을 간척했기 때문이다, 소름 돋게 못된
관리가 여기저기 널려 있다.' 그는 흥분하여
다른 사람들에게 말할 틈도 주지 않고 큰 소리로
떠들어댔다. 시끄럽게 웃는 소리와 다양한 제스처가
뒤섞여 끝없이 이어지는 잡담에 안드레이 에피미치는
지쳐버렸다.
'우리 둘 중 누가 미친 거야?' 짜증이 난 그가
생각했다. '승객들에게 불편을 끼치지 않으려고
노력하는 나인가, 아니면 자기가 이 승객들
가운데에서 가장 지적이고 흥미로운 사람이라고

생각하고 다른 사람들을 귀찮게 하는 저
에고이스트인가?'
「6호 병동」

46 옆방에서 사람들이 커피를 마시며 이등 대위
폴랸스키가 이러하다느니 저러하다느니 뒷소리를
하고 있었다. 그는 애써 듣지 않으며 일기에 이렇게
적었다. '아, 나는 지금 어디에 있는가! 주위는
온통 저속함, 저속함뿐이다. 따분하고 우둔한
사람들, 발효 크림이 삐져나온 단지들, 우유가 담긴
항아리들, 바퀴벌레들……. 저속함보다 더 무섭고
모욕적이며 슬픈 것은 없다. 여기를 떠나야겠다, 오늘
당장 떠나야겠다. 그렇지 않으면 난 미쳐버리고 말
것이다!'
「문학 교사」

47 **보이니츠키** 나는 이런 말을 하려고 한 게 아닌데, 이런
말을 하려고 한 게 아닌데…….
『바냐 아저씨』

48 **솔료니** 그래, 나는 기이한 사람이지. 그러나 기이하지
않은 사람이 어디 있어!
『세 자매』

49 체부티킨 남작, 당신은 나중에 사람들이 우리의
생활을 고상하게 볼 거라고 말하지만, 사람이란 본래
저급하지 않소……. (일어선다) 보시오, 내가 얼마나
저급한지. 그런데도 생활이 고상하고 의미 있다고
말하는 건 다 자기 위안일 뿐이라오.

『세 자매』

50 이리나 저는 당신과 함께 온 저 솔료니가 무섭고
싫어요. 이상한 말만 하고…….
투젠바흐 괴팍한 사람이긴 합니다. 그 사람이 안됐기도
하고 짜증나기도 합니다만, 안됐다는 마음이 더
큽니다. 부끄러움을 많이 타는 사람이죠……. 나와
단둘이 있을 때엔 현명하고 부드러운 편인데, 사람들
속에 있으면 거칠고 사나워지네요.

『세 자매』

51 베르시닌 며칠 전에 프랑스의 어느 장관이 옥중에서
쓴 일기를 읽었습니다. 그 사람은 파나마운하
사건으로 유죄판결을 받았는데요. 이전에 장관으로
있을 때는 관심도 두지 않았던 새들을 감옥 창문에서
보고 환희와 감격에 젖어 쓴 글입니다. 자유의
몸으로 석방된 지금은, 물론, 이전처럼 이미 새에는
관심도 없어졌고요. 당신들도 마찬가지로, 그토록

가길 원했던 모스크바에서 살게 되면 모스크바에
무관심해질 겁니다. 우리에게 행복이란 있지도 않고
있을 수도 없습니다. 그저 행복을 갈망하고 있을
뿐입니다.

『세 자매』

52 **베르시닌** 저는 종종 이런 생각을 합니다. 다시 살 수만
있다면, 각성하고 다시 살 수만 있다면 어떨까. 그럴
수 있다면 우리는 누구나 지금의 삶을 되풀이하지
않으려고 노력하리라 생각합니다. 적어도 자신을
위해 인생의 환경을 다르게 꾸밀 테죠. 이 집처럼
꽃도 많고 빛도 잘 드는 집을 지을 겁니다…….

『세 자매』

53 **투젠바흐** 살다 보면 아주 하찮고 어리석고 작은
일들이 아무런 이유 없이 별안간 큰 의미를 띨 때가
있지. 전처럼 하찮다고 비웃고 무시하면서도 그런
것에 계속 끌려다니다가 끝내 그로부터 벗어날 힘이
자신에게 없다는 걸 느끼기도 하고.

『세 자매』

54 **안드레이** 내 과거는 어디 있을까, 아, 어디로 갔을까?
그땐 젊고 쾌활하고 총명했는데, 그땐 꿈이 있었고

아름다운 생각을 했는데, 그땐 나의 현재와 미래가
희망으로 빛났는데. 왜 우리는 인생을 시작하자마자
따분해하고, 조잡해지고, 재미없고, 게으르고,
무관심하고, 무익하고, 불행해지는 걸까……. 10만
명이 사는 이 도시는 역사가 200년이나 됐지만
하나같이 비슷한 사람들뿐이라서, 옛날이나 지금이나
위대한 인물 한 명 없고 학자도 예술가도 전혀 없어.
조금이라도 뛰어나서 선망의 대상으로 삼고 열렬히
닮고 싶은 사람이 하나도 없어. 다들 그저 먹고
마시고 자고 그러다 죽어갈 뿐……. 새로 태어나는
사람들도 먹고 마시고 자고 그러다 권태를 잊기 위해,
인생에 변화를 주겠다고 수군수군 더러운 악담이나
하고, 보드카며 도박에 빠지고, 소송이나 걸며,
아내는 남편을 속이고, 남편은 아무것도 보지 못한
척 듣지 못한 척 거짓말을 하고, 지우려야 지울 수
없는 속악한 영향이 자식들에게 미쳐, 아이들 속에서
신성한 영혼의 불꽃이 꺼지고, 그들도 자기 아버지,
어머니들과 똑같이 초라하게, 서로 다를 바 없이
죽어버린 인간이 되어가지…….

『세 자매』

55 니키친은 촛불을 불어 끄고 자리에 누웠다. 그러나
자고 싶지도, 누워 있고 싶지도 않았다. 그는 텅 빈

큰 창고 같은 자신의 머릿속에서 새롭고 특별한
생각이 마치 기다란 그림자 형태로 떠도는 것을
느꼈다. 가정의 고요와 행복에 미소 짓고 있는
램프의 부드러운 불빛 외에도, 자신과 고양이가
평화롭고 달콤하게 살고 있는 이 작은 세계 외에도
다른 세상이 있다는 생각이 들었다……. 그러자
불현듯 그 다른 세상을 열정적으로, 마음이 아프도록
갈구하게 되었다. 공장이나 커다란 작업장에서
몸소 일한다거나 강단에 서서 강의하거나 책을
써서 출판하고 떠들고 지치고 힘들어하는 그런
다른 세상을……. 자기 자신을 망각하게 되고, 아주
단조롭게 느껴지는 개인의 행복에 무심하게 될
정도로 그 자신을 사로잡을, 그런 무엇을 갈구했다.

「문학 교사」

56 **에피호도프** 운명은 작은 배 같은 나를 폭풍처럼 아무런
연민도 없이 대해.

『벚꽃 동산』

57 **트로피모프** 일생에 단 한 번만이라도 진실을 직시해야
합니다.

류보비 안드레예브나 진실이라뇨? 당신은 진실이 어디에
있고 거짓이 어디에 있는지 아는지 모르겠지만, 마치

시력을 잃은 듯 나에겐 아무것도 보이지 않아요.
당신은 힘든 문제들을 모두 대담하게 결정하는 것
같지만, 그건 당신이 젊고 또 자신의 문제를 제대로
겪어보지 않았기 때문 아닌가요? 당신은 용감하게
미래를 바라본다지만, 그건 현실이 당신의 젊은 눈을
가려서 무서운 것이 보이지 않기 때문 아닌가요?
당신은 우리보다 용감하고 순수하고 예민합니다.
그렇지만 손톱만큼이라도 나를 너그럽게, 안타깝게
생각해보세요. 내가 여기서 태어난 걸 알잖아요.
여기서 나의 아버지, 어머니 그리고 할아버지께서
사셨죠. 이 집을 사랑해요. 벚꽃 동산이 없는 생활은
상상도 할 수 없어요. 그러니 꼭 팔아야 한다면, 이
동산과 함께 나를 팔아요……

『벚꽃 동산』

58 마차를 따라 천천히 길을 걷고 있는 사람들은 말이
    없었다. 그들의 얼굴은 진지하고 긴장돼 있었다…….
    나는 그들을 보면서 생각했다. 오직 비범한 사람,
    영웅만이 비정상적으로 보이는 삶과 영원히 단절하고
    고향과 익숙한 둥지를 떠날 수 있다.

『시베리아에서』

59 이제 코브린은 자기 자신이 아주 평범하다는 것을

분명히 깨닫고 그 사실을 기꺼이 받아들였다. 모든
사람은 자신의 모습 그대로에 만족해야 한다고
생각했다.

「검은 수사」

60 어리석은 인간아, 정말 모르겠나, 네 안에는
야만스러운 육체적인 힘 말고도 성스러운 영혼,
당나귀나 파충류와 구별시켜주는, 신의 형상을 닮게
해주는 거룩한 불씨가 살아 있단 말이다.

「나의 삶」

61 맙소사, 저는 평생 미신과 싸우며 살아왔어요. 미신이
아무것도 아니라는 걸 하인들에게 확인시켜주려고
집 안에 늘 세 개의 촛불을 켜고 중요한 일은 13일에
시작하지요.

「나의 삶」

62 만일 내가 나를 위해 반지를 산다면 '아무것도
사라지지 않는다'라는 문구가 새겨진 것을 고를
것이다. 흔적 없이 사라지는 것은 없으며, 우리가
내딛는 아주 작은 발걸음 하나하나가 현재와 미래의
삶에 중요하다고 나는 믿는다.
내가 견뎌온 일들은 결코 헛되지 않았다.

「나의 삶」

63   오레안다에서 두 사람은 교회당 가까이에 있는
벤치에 앉아 말없이 바다를 내려다보았다. 새벽안개
속으로 희미하게 얄타가 보였고, 산 정상에는 흰
구름이 미동도 없이 걸려 있었다. 나뭇잎 하나
흔들리지 않았고 매미들만 울었다. 아래에서
들려오는 단조롭고 황량한 파도 소리는 우리를
기다리고 있는 안식과 영면에 대해 말하고 있었다.
얄타도 오레안다도 없었던 때에도 이렇게 파도
소리가 울렸을 것이고, 지금도 울리고 있고, 우리가
없어진 후에도 똑같이 무심하고 황량하게 울릴
것이다. 이 불변성이, 우리 개개인의 삶과 죽음에
대한 완전한 무관심이 어쩌면 우리의 영원한 구원을
약속하고 부단하게 움직이는 지상의 삶과 중단 없는
완성을 보장해주는지도 모른다. 구로프는 새벽빛을
받아 더욱 아름다워 보이는 젊은 여자와 나란히
앉아 바다, 산, 구름, 넓은 하늘이 펼쳐지는 신비로운
풍경을 바라보며 마음이 편안하고 황홀해져 이런
생각을 했다. 이 세상의 모든 것은 얼마나 아름다운가.
우리가 스스로 존재의 고결한 목적과 인간적 가치를
잊은 채 생각하고 저지르는 일들을 제외한다면 이
세상의 모든 것은 얼마나 아름다운가.

「개를 데리고 다니는 부인」

64 철학자와 진정한 현자는 무관심하다고들 말한다.
그렇지 않다. 무관심, 그것은 영혼의 마비이고 이른
사망이다.

「지루한 이야기」

65 "바로 이렇게 추운 밤에 사도 베드로가 모닥불을
쬐었죠." 대학생이 불을 향해 손을 뻗으며 말했다.
"그땐 정말 추웠습니다. 아, 아주머니, 얼마나 무서운
밤이었을까요! 극도로 음울하고 기나긴 밤이었어요!"
그는 주위의 어둠을 응시하다가 경련이라도 일어난
듯이 머리를 흔들고 물었다.
"복음서의 열두 사도 이야기를 들어보셨나요?"
"들어봤죠." 바실리사가 대답했다.
"그렇다면 최후의 만찬 때 베드로가 예수께 한
말을 아시겠군요. '당신과 함께라면 나는 감옥에
갈 수도 있고 죽을 수도 있습니다.' 그러자 주께서
그에게 이렇게 말씀하셨죠. '베드로야, 너에게
이르노니, 오늘 수탉이 울기 전에 너는 나를 세 번
부인하리라.' 만찬이 끝나고 예수께서는 동산에
올라 몹시 번민하며 기도를 드리지만, 가엾은
베드로는 영혼이 지치고 유약해져 무거워진 눈꺼풀을

이겨내지 못합니다. 잠들고 만 거죠. 그런 다음,
아주머니도 아시겠지만, 유다가 그날 밤 예수께
입 맞추고 박해자들에게 예수를 팔아넘겼습니다.
그분은 결박당한 채 제사장에게 끌려갔고, 비탄과
불안에 지치고 쇠약해져 깊은 잠에 들지 못했던
베드로는, 아시겠습니까, 지상에 이제 곧 뭔가
무서운 일이 일어날 것을 예감하면서 그 뒤를
따라갔죠……. 그는 온 마음을 다해 열렬히 예수를
사랑했지만, 이제 그분이 매 맞는 것을 멀리서 바라볼
뿐이었습니다……."
루케리야가 숟가락을 내려놓고 대학생에게 시선을
고정한 채 미동도 하지 않았다.
"사람들이 제사장에게 몰려왔죠." 그가 말을 이었다.
"예수를 심문하기 시작했어요. 그러는 사이 일꾼들이
마당 가운데에 불을 피웠습니다. 추웠으니까요.
그리고 사람들은 불을 쬐었습니다. 모닥불 옆에 모인
사람들 사이에 베드로가 서 있었어요. 그도 지금
나처럼 불을 쬐었죠. 그런데 한 여자가 그를 알아보고
'이 사람은 예수와 함께 있었던 자다' 하고 말했어요.
그러니까 베드로도 끌어내 심문해야 한다는 거였죠.
그러자 불 옆에 있던 일꾼들이 죄다 그를 의심스러운
눈초리로 험상궂게 쳐다본 것은 당연한 일이었을
겁니다. 그는 당황해서 이렇게 말했습니다. '나는

그를 모릅니다.' 조금 있다가 또 누군가가 그가
예수의 제자 가운데 한 사람이라는 것을 알아보고
'너는 그들 가운데 한 명이다' 하고 말했습니다.
그렇지만 그는 또다시 부인했죠. 세 번째로 누군가가
그를 가리키며 이렇게 말했습니다. '오늘 내가
동산에서 예수와 함께 있는 너를 본 것 같은데?'
그는 세 번째로 부인했습니다. 그러자 곧이어 수탉이
울었고, 베드로는 멀리 예수를 바라보며 만찬 때
그분께서 하신 말씀을 떠올렸습니다…… 그분의
말씀을 떠올리자 퍼뜩 제정신이 든 그는 마당을
빠져나와 서럽고 서럽게 울었습니다. 복음서에서는
이렇게 말하지요. '밖에 나가서 심히 울더라.' 이런
상상을 해봅니다. 고요하고 고요하며 어둡고 어두운
동산이 있고, 그 정적 속에서 들릴 듯 말 듯 나는
희미한 흐느낌 소리……."
대학생이 한숨을 내쉬고 생각에 잠겼다. 여전히
미소를 짓고 있던 바실리사가 갑자기 흐느끼기
시작했다. 굵은 눈물이 그녀의 뺨을 타고 뚝뚝
떨어졌다. 바실리사는 자신의 눈물이 부끄럽기라도
한 듯이 불빛이 비치지 못하게 소매로 얼굴을 가렸다.
루케리야는 미동도 하지 않고 대학생을 바라보며
얼굴을 붉혔다. 루케리야의 얼굴은 심한 고통을 참고
있는 사람처럼 어둡고 긴장되어 있었다.

일꾼들이 강에서 돌아왔다. 말을 탄 그들 가운데
한 사람이 가까이 다가오자 모닥불 불빛이 그 위에
어른거렸다. 대학생은 두 과부에게 작별 인사를 하고
계속 걸었다. 다시 어둠이 그를 감쌌고 손이 얼기
시작했다. 혹독한 바람이 불었다. 정말로 겨울이
되돌아온 것 같았다. 모레가 부활절이라는 사실이
이상할 정도였다.

대학생은 바실리사에 대해서 생각했다. 바실리사가
그렇게 울었던 것은, 어쨌든 그 무서운 밤 베드로에게
일어났던 일이 바실리사와 어떤 관계가 있기 때문일
것이다…….

그는 뒤를 돌아보았다. 외로운 불빛이 어둠 속에서
조용히 깜박였다. 이제 불빛 옆으로는 아무도 보이지
않았다. 대학생은 다시 생각했다. 바실리사가 그렇게
울고 그 딸이 그렇게 당혹해한 것은, 분명히, 그가
방금 이야기했던 아주 오래전의 일이 현재 이 두
여인, 그리고 이 황량한 마을과 그 자신을 포함한 그
밖의 모든 사람과도 무슨 관계가 있기 때문일 거라고.
노파가 눈물을 흘린 것은 그가 이야기를 감동적으로
하는 능력을 가지고 있었기 때문이 아니라, 베드로가
그녀에게 가깝게 느껴졌기 때문이고, 그녀가 자신의
온 존재로 베드로의 영혼 속에서 일어난 일에 끌렸기
때문이라고.

그러자 갑자기 그의 영혼 속에서 기쁨이 일기
시작했다. 그는 심지어, 숨을 쉬기 위해 잠시 멈춰
서야 했다. 그는 생각했다. 과거는 잇달아 발생하는
사건들의 끊임없는 사슬로 현재와 연결된다. 그는
방금 자신이 이 사슬의 양 끝을 본 것 같았다. 한쪽
끝을 건드렸더니 다른 쪽 끝이 떨린 것이다.
나룻배를 타고 강을 건너가 산 위로 올라가서 그는
고향 마을과 차가운 자줏빛 노을이 가느다란 한 줄기
빛으로 반짝이는 서쪽을 바라보며 그때 그곳, 동산과
제사장의 마당에서 인류의 삶에 방향을 제시했던
진리와 아름다움이 끊어지지 않고 지금 이날까지
계속되어 인류와 지상 전체의 근본을 이룬 것이
분명하다는 생각을 했다. 그러자 젊음과 건강과 힘의
감각이―그는 이제 겨우 스물두 살이었다―, 그리고
행복에 대한, 전혀 몰랐던 신비로운 행복에 대한
형언할 수 없이 달콤한 기대가 천천히 그를 사로잡아,
삶이 황홀하고 경이로우며 고결한 의미로 가득 차
있는 것처럼 보였다.

「대학생」

66 배움은 빛이고 무지는 어둠이라고 말들 하는데, 정말
그렇단다.

「대초원」

67   동틀 무렵 나는 침대에 가만히 앉아 두 팔로 무릎을
껴안고 내가 누구인지 알아보려고 애썼다. '너
자신을 알라.' 이 말은 훌륭하고 유용한 조언이지만,
고대인들이 이 조언을 사용하는 방법을 구체적으로
명시하지 않은 것은 아쉽다.
예전에 내가 누군가를 또는 나 자신을 알고 싶을 때면
조건에 따라 변하는 행동이 아니라 욕망을 주목했다.
네가 무엇을 바라는지 말하면, 네가 누구인지
말해주지.
지금 나는 나 자신에게 넌지시 묻는다. 나는 무엇을
바라고 있지?

「지루한 이야기」

68   **로파힌** 우리는 남들 앞에서 잘난 체하지만 현실은
무심히 흘러갈 뿐. 피곤한 줄도 모르고 오랫동안 일을
할 때면 마음이 가벼워져서 내가 왜 존재하는지 알 것
같아.

『벚꽃 동산』

69   **아르카지나** (마샤에게) 일어서서봐요.

아르카지나와 마샤, 일어선다.

아르카지나 나란히 서봐요. 당신은 스물두 살, 나는
거의 두 배. 예브게니 세르게이치, 우리 중 누가 더
젊어 보이나요?

도른 당신입니다, 물론.

아르카지나 그렇죠……. 왜 그런지 알아요? 나는
일하고, 느끼고, 언제나 바쁜데, 당신은 늘 한곳에
앉아만 있어서 그렇죠. 그건 사는 게 아니에요…….

『갈매기』

70 "당신은 당신이 일해 버는 돈으로 생활을 꾸려
나가나요?" 그녀가 물었다.
"그렇습니다."
"행복한 사람이네요!" 그녀가 한숨을 내쉬었다.
"인생의 모든 악은 나태하고 따분해하고 영적으로
공허해질 때 나오는 것 같아요. 다른 사람들의
희생으로 사는 데 익숙해지면 그렇게 되는 거죠."

「나의 삶」

71 어린 시절 아플 때면 어머니나 유모의 품에 파고들어
따뜻한 옷 주름 사이에 얼굴을 묻었다. 그러면
병으로부터 숨는다는 느낌이 들었다.

「아내」

72 어렸을 때 부모님이 외출하고 한두 시간 동안 마당을
마음대로 뛰어다니며 완전한 자유를 만끽했을 때
느꼈던 것과 비슷한 쾌감을 맛봤다. 아, 자유, 자유!
자유의 가능성에 대한 암시, 그 희미한 희망조차
영혼에 날개를 달아준다. 그렇지 않은가!

「상자 속의 사나이」

73 강은 점점 어두워지고 강한 비바람이 몰아치고
강가까지는 아직 멀었는데 만일의 경우에 붙잡아야
할 덤불마저 지나쳤다. 평생 많은 일을 겪어온
우체부는 말없이 얼어붙은 듯 미동도 하지 않았고
노 젓는 사람들도 말이 없었다. 나는 어린 병사의
목덜미가 갑자기 빨갛게 변하는 것을 보았다. 마음이
무거워진 나는 배가 전복되면 먼저 외투를 벗고
재킷을 벗어버린 다음에 또 무엇을 벗어야 하나 하는
생각뿐이었다.
그러다 강기슭이 점점 가까워지고 사람들이 더 힘껏
노를 젓기 시작하자, 마음속 무거운 생각이 점차
사라졌고 강변까지 3사젠쯤 남자 갑자기 마음이
밝아지고 유쾌해져 이런 생각이 들었다. '겁쟁이가
되는 것도 나쁘지 않군! 갑자기 유쾌해지는 데 많은
것이 필요치 않으니까!'

『시베리아에서』

74   노인은 여행자에게 마치 자신의 영혼을 쏟아붓듯
     열정적으로 말했다. 그는 말을 많이, 빨리하는 것에
     익숙하지 않아서 더듬거렸고, 언변이 부족하다고
     느낀 그는 머리와 손을 흔들고 마른 어깨를 들썩이며
     하고 싶은 말을 잘 전달하려고 애썼다. 그가 움직일
     때마다 삼베로 짠 셔츠가 구겨져 어깨까지 올라가
     햇볕에 검게 그을리고 늙어 쭈글쭈글해진 등이
     드러났다. 그가 셔츠를 뒤로 당겼지만 곧 다시
     올라갔다. 그는 말려 올라가는 셔츠 때문에 인내심이
     바닥난 듯 벌떡 일어나 간절하게 말했다.
     "행복이란 게 있지만, 땅속에 묻어두면 무슨 소용이
     있겠소? 왕겨나 양의 똥도 쓰지 않으면 쓸모없듯이
     아무리 좋아도 다 소용없는 법이오. 행복은 정말로
     많지. 얼마나 많은데. 이보게 젊은이, 주위에 널려
     있다니까. 다만 알아보는 영혼이 없는 거지."
     「행복」

75   인생이 아무 유익도 없이 어떤 만족도 없이
     헛되이 사라져간다. 앞으로 남아 있는 것 하나
     없고, 뒤를 돌아보면 잃어버린 것들과 몸서리칠
     정도로 끔찍한 것들뿐이다. 왜 인간은 많은 것을
     잃어버리며 살아가는 걸까 묻지 않을 수 없다. 왜
     자작나무와 소나무 숲은 베어버렸을까? 왜 목초지는

황폐해지도록 내버려두었을까? 왜 사람들은 항상
하지 말아야 하는 일을 할까? 왜 야코프는 평생
욕설을 내뱉고 으르렁대고 주먹을 휘두르고 아내를
모욕했을까? 게다가 지난번에 왜 유대인을 협박하고
모욕했는지 야코프에게 묻지 않을 수 없다. 왜 인간은
타인의 인생에 피해를 줄까? 그래서 잃어버리는
것들이 얼마나 많은가! 참으로 무서운 상실이다!
증오와 악의만 없다면 사람들은 서로에게 커다란
혜택을 줄 수 있을 텐데.

「롯실드의 바이올린」

76 **소냐** 나는 아저씨보다 더 불행해요. 하지만
절망하지는 않잖아요. 나는 참고 또 참을 거예요, 내
생명이 끝날 때까지…….

『바냐 아저씨』

77 **세 자매가 서로 의지하고 서 있다.**

마샤 음악 소리가 들려! 다들 우리를 떠나나 봐. 한
사람은 영원히, 영원히 떠나버렸고, 우리만 남았어.
다시 우리의 삶을 시작해야 할 텐데. 살아가야 할
텐데……. 살아가야 할 텐데…….
이리나 (올가의 가슴에 머리를 기댄다) 시간이 흐르면, 왜 이

모든 일이 일어났고 무엇 때문에 이토록 고통스러운지
전부 알 수 있을까. 어떤 비밀도 없이 말이야. 하지만
지금은 살아야겠지……. 일을 해야겠어, 일을! 내일
나는 혼자서라도 떠나겠어. 학교에서 아이들을 가르칠
거야. 내 인생을 필요한 사람들에게 전부 바칠 수만
있다면. 지금은 가을, 곧 겨울이 오고 눈이 내리겠지.
일할 거야, 일을 할 거야…….

올가 (두 동생을 껴안는다) 저렇게 밝고 씩씩하게 울리는
음악 소리를 들으면 살고 싶어져! 오, 하느님! 세월이
흐르고 우리가 세상을 떠나면, 우리는 잊힐 거야.
우리의 얼굴도 목소리도, 우리가 세 자매였다는 것도
잊힐 거야. 하지만 우리의 시련은 우리 뒤에 살아갈
사람들에게 기쁨으로 바뀌어 지상에 행복과 평화가
찾아올 거야. 그러면 우리 후손들은 지금 살고 있는
사람들을 좋은 말로 기억하며 고마워할 거야. 오,
사랑하는 내 동생들, 우리의 인생은 아직 끝나지
않았어. 살아가야 해! 음악이 저렇게 밝고 즐겁게
울려 퍼지는 걸 들으니, 이제 조금만 지나면 우리가
왜 사는지, 왜 고통스러운지 알 수 있을 것 같아…….
그걸 알 수만 있다면, 알 수만 있다면!

『세 자매』

II

사랑에 대하여

1   그와 그녀는 길고 지루한 로맨스를 오래 끌고 있는
     사이다. 이 로맨스의 첫 페이지는 흥미롭고 열정적이
     었으나, 너무 오래 읽다 보니 이제 그 페이지가 늘어
     지고 또 늘어져 하나도 신선하거나 흥미롭지 않았다.
     「하찮은 것」

2   이따금 외로움이 밀려와 쓸쓸하고 슬퍼질 때면
     그녀가 아련히 기억나고 그녀도 어쩌면 나를
     떠올리며 기다리고 있는 것만 같아 우리가 다시 만날
     수 있지 않을까 하는 생각이 들었다. 미슈스, 너는
     지금 어디 있니?
     「다락방이 있는 집 : 어느 화가의 이야기」

3   우리는 사랑이 무엇인지에 대해 이야기하기
     시작했다. "사랑의 감정은 어떻게 생기는 걸까요?"
     알료힌이 말했다. "어째서 펠라게야가 정신적으로나
     외모적으로나 자기 자신에게 잘 어울리는 사내에게
     반하지 않고 저 멍청이 같은 니카노르와 사랑에
     빠졌을까요. 사랑에 있어서 개인의 행복감이
     중요하기 때문인가요. 이건 전혀 알 수 없는 일인데,
     그러니 누구나 자기 편한 대로 해석할 수 있을 겁니다.
     지금까지 사랑에 관해 나온 말들 가운데 부인할
     수 없는 진리는 단 하나, '그 비밀은 크도다'라는

것밖에 없습니다. 이것 외에 사람들이 사랑에
대하여 말하고 쓰고 한 것들은 문제를 해결한 게
아니라 문제를 제기한 것일 뿐이지요. 그러니 아직
미해결 상태로 남아 있는 겁니다. 한 가지 경우에
들어맞는 듯 보이는 설명도 다른 열 가지 경우에는
적용되지 못하니까요. 가장 좋은 것은, 내 생각으로는,
일반화하려고 하지 않고 모든 경우를 개별적으로
설명하는 것입니다. 의사들이 말하듯이 각각의
사례를 따로따로 봐야 합니다.

「사랑에 대하여」

4   두 사람은 객차에 올랐다. 기차가 움직이기
     시작하자 그렇게 크고 심각했던 과거의 모든 일이
     작은 덩어리로 줄어들었고 지금까지 막연하게만
     생각되었던 넓고 웅장한 미래가 눈앞에 펼쳐졌다.
     빗줄기가 차창을 두드렸다.

「약혼녀」

5   이오나의 슬픔은 한계를 알 수 없이 너무나도 컸다.
     가슴이 터져 그 슬픔이 쏟아져 나오면 아마도 온
     세상이 잠길 테지만, 정작 그 슬픔은 눈에 보이지
     않았다. 슬픔은 밝은 대낮에도 보이지 않는 아주 작은
     껍질 속에 자리 잡고 있었다.

「애수」

6 "이해할 수 없어요, 정말 이해할 수 없어요."
관자놀이를 누르며 시선을 고정한 채 타냐가
웅얼거렸다. "우리 집에서 뭔가 이해할 수 없는
무서운 일이 일어나고 있어요. 당신은 변했어요,
몰라볼 정도로……. 당신처럼 지적이고 비범하던
사람이 사소한 일에 화를 내고 또 자잘한 일에
간섭하다니……. 그런 하찮은 일에 흥분하다니,
놀랍기만 해요. 믿을 수가 없어요, 정말 당신
맞나요? 제발, 제발, 화를 내지 마세요, 화를 내지
마세요." 타냐는 자신이 한 말에 놀라 그의 손에 입을
맞추며 계속 말했다. "당신은 지적이고 선량하고
다정하잖아요. 당신은 아버지께 잘하실 거예요.
아버진 정말 좋으신 분이에요!"
"좋은 분이 아니라 친절한 분이지. 당신 아버지는
보드빌에 나오는 아저씨들 같다고. 친절한 표정으로
손님 치르기를 좋아하고 살찌고 별난 그런 인물들이
예전에는 소설에서나 보드빌에서나 실제 삶에서나
나를 감동시키고 웃겼지만, 지금은 그런 자들이
역겨워. 골수 에고이스트들이야. 무엇보다 역겨운
것은 점잔을 빼는 모습, 그리고 동물적인, 순전히
소나 돼지 같은 낙천성이야."

타냐는 침대에 앉아 머리를 베개에 묻었다. "이건
고문이야." 타냐가 웅얼거렸다. 그녀의 목소리에
그녀가 말하기도 힘들 만큼 극도로 지쳤다는
것이 묻어 나왔다. "겨울 이후로 한순간도
편해본 적이 없어……. 정말 끔찍해. 아 하느님!
고통스러워요……."
"그래, 나는 헤롯이고 너와 너의 아버지는 이집트의
어린아이들이지.* 아무렴!"
타냐는 그의 얼굴이 추하고 불쾌하게 느껴졌다.
증오하고 조소하는 표정이 그에게 어울리지 않았다.
그렇지만 사실 이전에도 타냐는 그의 얼굴에, 마치
머리를 막 짧게 깎아 얼굴이 변한 것처럼 뭔가 어색한
게 있다고 생각했었다. 타냐는 그에게 모욕을 주고
싶어졌다. 그 순간, 타냐는 자신에게 생긴 그런
적대감에 깜짝 놀라 침실에서 뛰쳐나왔다.
「검은 수사」

7 이번에는 나제지다 표도로브나의 하얗게 드러난
목과 그 뒤로 흘러내린 곱슬머리가 라옙스키 눈에
특히 거슬렸다. 남편에 대한 사랑이 식은 뒤 안나

※ 마태복음 2장 16~18절. 「검은 수사」의 '나'는 성서에 빗대어 상대방이 자신
을 헤롯, 즉 박해자로 여기고 본인들은 희생자로 생각한다고 말하고 있다.

80

카레니나에게 갑자기 남편의 귀가 혐오스럽게
보였다는 것이 떠올라 '정말 그렇군! 정말 그래!' 하고
그는 생각했다.

「결투」

8   그녀의 아름다운 모습이 눈앞에 더 자주 스쳐
지나갈수록 나의 슬픔은 더 커져만 갔다. 나도, 그녀도,
여물 더미 뒤 짐마차로 뛰어가는 그녀의 뒷모습을
매번 슬픈 눈으로 뒤쫓는 우크라이나인도 불쌍했다.
그녀의 아름다움이 부러웠던 걸까. 아니면 이 소녀가
내 것이 아니고 결코 내 것이 될 수도 없으며 내가
그녀에게 타인일 뿐이라는 사실이 안타까웠던 걸까.
아니면 소녀의 흔치 않은 아름다움이 지상의 다른 모든
존재처럼 우연하고 불필요하고 유한하다는 사실을
막연히 느꼈기 때문일까. 아니 어쩌면, 나의 슬픔은
진정한 아름다움을 관조할 때 인간의 마음에 생기는
특별한 감정인지도 모르겠다. 정말 모르겠다.

「미인」

9   랴보비치는 망설이며 서 있었다. 바로 그때 난데없이
발걸음 소리와 옷자락 스치는 소리가 나더니 숨
가쁜 여인의 음성이 바로 옆에서 속삭였다. "이제야
오셨군요!" 부드럽고 향기로운, 틀림없는 여인의

손길이 그의 뺨을 어루만지다가 따뜻한 여인의 뺨이
그의 뺨에 닿더니 순간 쪽 키스했다. 그러곤 곧바로
여인은 외마디 비명을 질렀고 랴보비치가 더럽다는
듯이 물러섰다. 그도 하마터면 비명을 지를 뻔했는데
얼른 밝은 빛이 새어 나오는 문틈 쪽으로 도망쳤다.
홀에 돌아왔지만 가슴이 뛰고 눈에 띌 정도로 손이
떨려서 그는 재빨리 두 손을 등 뒤로 감췄다. 처음에
그는 홀에 있는 사람들 모두가 방금 자신이 어떤
여인과 껴안고 입맞춤한 사실을 알고 있는 것만 같아서
무섭고 창피했다. 그는 몸을 잔뜩 움츠리고 겁에 질려
주위를 둘러보았다. 그러나 홀에서는 사람들이 여전히
아무런 동요 없이 떠들썩하니 춤을 추고 있었다.
마음이 놓인 그는 오늘 밤 처음 맛본 감각, 태어나서
지금까지 한 번도 경험해본 적 없는 감각에 사로잡히고
말았다. 그에게 뭔가 이상한 일이 일어난 것이다…….
조금 전 부드럽고 향기로운 여인의 두 팔이 감쌌던
그의 목은 향유라도 바른 기분이었고, 또한 알지
못하는 여인이 입을 맞춘 왼쪽 콧수염 옆의 뺨은
페퍼민트를 바른 듯 가볍고 상쾌한 느낌이 들면서,
그 감각이 머리부터 발끝까지 온몸을 가득 채우고
점차 부풀어 오르는 듯했다. 그는 갑자기 춤을 추고
싶었고, 말하고 싶었고, 정원을 뛰어다니고 싶었고, 큰
소리로 웃고 싶었다……. 그는 자신이 등이 구부정하고

무미건조한 인상에 수염은 살쾡이처럼 났고 '생기다
만 얼굴'—여자들이 대화 도중 그의 얼굴을 그렇게
표현하는 걸 우연히 들은 적이 있다—이라는 사실을
깨끗이 잊어버렸다. 그가 얼마나 활짝 그리고
다정하게 미소를 지었던지 라베크 장군 부인이 그 옆을
지나가다가 멈춰 서서 의아한 표정으로 쳐다보았을
정도였다.

「입맞춤」

¹⁰ 우연히 그를 다른 사람으로 착각하고 입맞춤한 여인을
다시 만나지 못하는 것은 이상한 일이 아니다. 오히려
그 여인을 만나게 된다면 그게 더 이상한 일이리라.
냇물은 어디로 가는지, 왜 가는지 모르고 흘러간다.
지난 5월에도 냇물은 그렇게 흘러갔다. 5월의 냇물은
강으로 합쳐지고 강에서 다시 바다로 합쳐진 다음에
증발하여 비가 되어 내렸을 것이다. 어쩌면 그 물이
지금 랴보비치의 눈앞에서 다시 흘러가고 있는지도
모른다. 무엇 때문에? 도대체 왜?
그러자 이 세상 전체, 인생의 모든 일이 랴보비치에게
이해할 수도 없고 목적도 없는 농담처럼 여겨졌다.
냇물에서 눈을 떼어 하늘을 쳐다보니, 운명이 이름
모를 여인의 모습으로 무심코 그를 어루만졌던
지난여름의 환영과 공상이 떠올라, 자신의 인생이

유난히 남루하고 초라하고 건조하게 느껴졌다.

농가로 돌아와보니 동료들이 한 사람도 빠짐없이 외출하고 없었다. 당번병이 알려주기를, 말을 탄 사람이 와서 초대해 모두 폰트랴브킨 장군 댁으로 갔다는 것이다. 순간 랴보비치의 가슴속에서 기쁨이 불타올랐으나, 그는 곧바로 그 불을 끄고 운명에 적의를 품고 침구 속으로 들어가 누웠다. 그는 마치 운명에 반항이라도 하듯이 장군 댁에 가지 않았다.

「입맞춤」

11 "아버지는 내…… 내 인생을 망쳐버렸어." 타냐는 흐느끼며 계속 말했다. "내가 듣는 건 모욕과 그리고…… 욕설뿐이에요. 아버진 내가 이 집에서 쓸모없다고 생각하세요. 그럴지도 모르죠. 아버지가 옳아요. 내일 나는 여길 떠나 전신국에 일자리를 알아볼 거예요……. 그렇게 할 거라고요."

"그만, 그만, 그만……. 그만 울어, 타냐. 그만, 타냐……. 두 사람 다 성미가 급해서 쉽게 화를 내는 거야, 둘 다 잘못이지. 같이 가서, 화해하자."

코브린이 부드러우면서도 확신에 찬 어조로 말했다. 그렇지만 타냐는 계속 우느라 어깨를 들썩였고, 마치 진짜 무서운 불행이 닥치기라도 한 듯이 두 손을 꼭 쥐고 있었다. 그는 그리 심각하지 않은 일에 그토록

고통스러워하는 그녀가 더 안타까웠다. 아무리 사소한
일이라도 한 사람을 진종일, 아니 어쩌면 평생 완벽히
불행하게 만들 수도 있다! 타냐를 달래면서 코브린은,
이 여인과 그녀의 아버지가 아니었더라면 자신을
가족이나 친지처럼 사랑해주는 사람을 세상에서
좀처럼 만날 수 없었을 거란 생각이 들었다. 만일 이 두
사람이 없었더라면, 아주 어렸을 때 아버지와 어머니를
여읜 그는, 따지는 사랑이 아닌 혈육에게만 주는 그런
진지하고 순수한 애정을 죽을 때까지 알지 못했을
것이다. 그는 훌쩍이며 떨고 있는 이 여인의 신경이
자석의 철심처럼 자신의 신경을 매우 아프게 자극하고
있는 것을 느꼈다. 그는 건강하고 강인하며 뺨이 붉은
여자를 사랑하지 않는다. 창백하고 가냘프며 행복하지
못한 타냐가 그의 마음을 끌었다.
그는 기껍게 타냐의 머리와 어깨를 쓰다듬고, 손을
잡아주고, 눈물을 닦아주었다……. 마침내 타냐가
울음을 그쳤다. 그렇지만 그녀는 한참 동안 아버지에
대한 불평을 늘어놓고, 이 집에서 사는 게 힘들고
참기 어렵다며, 코브린도 자신의 상태를 체험해봐야
알 거라고 투덜댔다. 그러고 나서 조금씩 웃기
시작하더니, 하느님은 자신의 성격을 왜 이렇게 못되게
만드셨는지 모르겠다며 한숨을 내쉬었다. 결국은
크게 소리 내어 웃고, 자신이 바보였다면서 방에서

뛰쳐나갔다.

잠시 뒤 코브린이 정원으로 나가보니, 예고르
세묘니치와 타냐가 아무 일도 없었던 듯이 오솔길을
나란히 산책하고 있었다. 그리고 나서 배가 고팠던 두
사람은 호밀빵을 소금과 함께 먹었다.

「검은 수사」

12 그녀는 겨우 열여섯 살이고 아직 누구도 사랑해본
적이 없었다. 그녀는 장교인 고르니와 대학생인
그루즈데프가 자신을 사랑한다는 것을 알고 있었지만,
오페라를 보고 난 지금 그들의 사랑을 의심하고
싶었다. 사랑받지 못하고 불행한 여인이 된다니,
이 얼마나 흥미로운 일인가! 한 사람은 열렬히
사랑하는데 다른 한 사람은 무관심할 때의 아름답고
감동적이고 시적인 무언가가 있다. 오네긴은 전혀
사랑하지 않았기 때문에 흥미롭고, 타티야나는 너무도
사랑했기 때문에 매력적이다.※ 서로 똑같이 사랑해서
행복해졌다고 하면 아마도 따분했을 것이다.

※ 오네긴과 타티야나는 푸시킨의 운문소설 『예브게니 오네긴』에 나오는 두 주
인공이다. 타티야나는 오네긴을 사랑하나 냉정하게 거절당한다. 훗날 오네
긴은 공작부인이 된 타티야나를 사교계에서 만나 뒤늦게 후회하며 사랑한
다고 말하지만 이번에는 타티야나가 차갑게 물리친다. 차이콥스키는 이 작
품을 동명의 3막 오페라로 만들었다.

「연극이 끝난 후」

13   아무런 이유도 없이 그녀의 가슴속에서 기쁨이 일기
시작했다. 처음에는 가슴속에서 작은 고무공처럼
굴러다니던 기쁨이 점차 커지더니 파도처럼
밀려왔다. 나쟈는 이미 고르니도 그루즈데프도
잊어버리고 생각도 뒤엉켰지만, 기쁨은 점점 더 켜져
가슴에서 팔과 다리로 퍼져 나갔고, 머리에 가볍고
시원한 바람이 불어 머리카락이 흩날리는 것 같았다.
「연극이 끝난 후」

14   우리는 이상주의자들이기 때문에 만족할 줄
모릅니다. 우리는 자식 세대가 우리보다 우월하고
세상 무엇보다 고상하기를 바란 겁니다. 젊었을
때 우리는 사랑하는 여인을 시적으로 표현하고
숭배했지요. 그때 사랑과 행복은 동의어였어요.
우리 러시아에서는 사랑 없는 결혼은 경멸당하고,
관능은 우스꽝스럽고 역겹게 여겨지고, 크게
성공한 장편소설이나 중편소설에 나오는 여인들은
아름답고 시적이고 숭고하지요. 러시아 남성이
아주 오래전부터 라파엘로의 마돈나에 환호하고
여성해방에 큰 관심을 보였다는 것은, 장담하건대,
절대 거짓된 과장이 아니지요. 하지만 바로 거기에

불행이 있습니다.

「아리아드네」

15 그녀는 나를 보며 화를 냈다. "당신은 남자도
아니에요. 이런 말까지 해서 미안하지만 물렁한
맹탕이라고요. 남자라면 말이에요, 뭔가에 미친 듯이
열중도 하고 실수도 하고 어려움도 겪어봐야 하는 것
아닌가요! 여자는 당신이 무모하고 무례한 건 봐줘도
이리저리 따지며 주저하는 건 절대 용서하지 않아요."

「아리아드네」

16 그의 기억 속에는 사랑 때문에 즐거웠고 비록
짧았을지언정 행복했다며 그에게 고마워하는
편안하고 선량한 여인들이 있는가 하면, 사랑에
진실하지 않은 여자들도 있었다. 그들은 수다스럽고
가식적이며 히스테릭하고, 이건 사랑이나 열정이
아니라 고상한 무엇이라는 듯한 표정을 지었다.
그런가 하면 삶이 줄 수 있는 것보다 더 많은 것을
얻어내기 위해 탐욕스러운 표정과 집요한 욕구를
언뜻언뜻 드러내는, 미모는 뛰어나지만 차가운 두세
명의 여자들에 대한 기억도 있는데, 그들은 이제
나이가 들어 변덕스럽고 분별력도 없으며 억지나
부리는 천박한 여자가 되었다. 그 여자들에 대한

애정이 식자, 그들의 미모는 오히려 역겹게 느껴졌고,
심지어 그들의 속옷을 장식하고 있는 레이스조차
비늘처럼 여겨졌다.

「개를 데리고 다니는 부인」

17 예전에 그는 슬플 때면 머리에 떠오르는 온갖 논리로
자신을 위로했다. 하지만 지금 그런 논리는 그에게
아무런 의미도 없었다. 그는 깊은 연민을 느꼈으며,
진실하고 솔직하고 싶었다.

「개를 데리고 다니는 부인」

18 문득 그는 거울에 비친 자기 모습을 보았다……. 그는
언제나 여인들에게 본래의 모습으로 보이지 않았다.
여인들은 실제의 그를 사랑한 것이 아니라 자신들이
상상으로 만들어낸 사람, 평생 간절히 바라던 그런
사람으로서의 그를 사랑했다.

「개를 데리고 다니는 부인」

19 그들은 숨고, 속이고, 다른 도시에 살며 오랫동안
만날 수 없는 처지에서 어떻게 하면 벗어날 수
있을까에 대해 한참 동안 이야기하고 또 이야기했다.
견딜 수 없는 이 굴레에서 어떻게 하면 벗어날 수 있을까?
"어떻게 하면? 어떻게 하면?" 그는 머리를 움켜쥐고

물었다. "어떻게 하면?"

조금만 더 기다리면 해결책을 찾을 수 있을 것 같았고, 그러면 새롭고 멋진 인생이 시작될 것 같았지만, 두 사람 모두 끝은 아직 멀었고 가장 어렵고 힘든 일이 이제 막 시작됐다는 것을 분명히 알았다.

「개를 데리고 다니는 부인」

20 "부모님과 함께 사시오, 아니면 혼자 사시오?"

"지금은 부모님과 따로 살고 있습니다. 분가했거든요. 이번 달 성 베드로 축일 지나고 나서 결혼했어요. 이제 아내가 있답니다……! 오늘은 혼인신고한 지 18일째 되는 날이에요."

"축하하오, 멋진 일이오!" 판텔레이가 말했다. "아내와 가정을 이루는 일…… 신의 축복이라오."

"젊은 부인을 집에 혼자 두고 이렇게 대초원을 쏘다니고 있다니, 그거참, 이상한 사람이네." 키류하가 웃었다.

콘스탄틴은 가장 생생한 자리를 꼬집힌 것처럼 몸을 떨고는 웃음을 터뜨리며 얼굴을 붉혔다.

"맙소사, 아내는 지금 집에 없거든요!" 그가 재빨리 숟가락을 입에서 떼며 주위 사람들을 둘러보면서 행복하고 놀라는 표정으로 말했다. "지금 없어요! 이틀 동안 친정에 갔답니다. 아내가 가고 없으니 이렇게 혼자네요."

콘스탄틴은 손을 내젓고 고개를 흔들었다. 그는
계속 생각하려고 했지만 아무런 생각도 떠오르지
않았고 얼굴에 그저 기쁜 기색이 퍼졌다. 그는 그냥
앉아 있는 것이 불편하기라도 한 듯 몸을 비틀며 두
손을 내저었다. 다른 사람들에게 자신의 기쁜 마음을
드러내는 것이 부끄러웠지만, 한편으로는 기쁨을
나누고 싶어 어쩔 줄 몰라 했다.

"데미도프에 있는 친정에 갔지요!" 그가 얼굴을
붉히며 사냥총을 다른 곳으로 옮기고 말했다.
"내일이면 돌아온답니다…… 점심때까지는 온다고
했어요."

"그래, 허전하지는 않소?" 디모프가 물었다.

"허전하죠. 그런데 어쩌겠어요? 결혼한 지 며칠이나
됐다고 친정에 가버렸으니……. 쾌활해서 감당하기
어려운 여자랍니다! 아름다운 데다가 매력이
넘치고, 잘 웃기도 하는 데다가 목소리도 좋고,
지혜롭고 명랑하다니까요! 같이 있으면 머리가
핑핑 돌지만, 아내가 없으면 모든 걸 잃은 것 같아서
이렇게 못난 놈처럼 대초원을 쏘다니지요. 점심때
나와서 돌아다니고 있는데 소리라도 지르고 싶은
심정이라고요."

콘스탄틴이 눈을 비비고 불을 쳐다보고는 웃었다.

"사랑에 빠졌군……." 판텔레이가 말했다.
"아름다운 데다가 매력이 넘치고……." 콘스탄틴은
판텔레이의 말이 들리지 않는 듯 자기 말만 반복했다.
「대초원」

21 나는 사랑이 내 안에서 이미 오래전에 꺼졌고,
일에 깊이 몰두하고 있어서 아내와의 관계에 대해
심각하게 생각하고 있지 않다고 속으로 굳게
믿었다. 그러나 아아! 그건 생각뿐이었다. 아내가
아래층에서 큰 소리로 대화할 때면 비록 한 단어도
알아듣지 못하면서 그녀의 목소리에 열심히 귀를
기울였다. 그녀가 아래층에서 피아노를 칠 때면
일어나서 들었다. 그녀를 태울 마차나 말이 준비되면
창가로 가서 그녀가 현관 밖으로 나오기를 기다렸다.
그다음에 그녀가 마차나 말에 올라타고 마당 밖으로
외출하는 것을 지켜봤다. 나는 내 마음속에서 어떤
부조화가 일어난다고 느꼈고, 내 시선과 표정이
그런 나를 드러낼까 봐 두려워했다. 눈으로 아내를
배웅하고는 다시 그녀가 돌아오기를 기다렸다.
창문으로 아내의 얼굴, 어깨, 모피 코트, 모자를 다시
볼 수 있을 그때를. 그럴 땐 왠지 쓸쓸하고, 서글프고,
한없이 서운해서, 아내가 지내는 방 안을 걷고 싶었고,
아내와 내가 성격이 맞지 않아서 해결하지 못했던

문제들이 하루라도 빠르게 자연의 질서에 따라, 즉 이
스물일곱 살의 아름다운 여자가 빨리 늙고 내 머리가
얼른 세어 벗겨지면서 저절로 풀리기를 바랐다.
「아내」

22 "당신은 대단한 가문에서 자라며 훌륭한 교육을
받았고 무척 정직하고 정의롭고 고결한 원칙을 지닌
사람 아닌가요. 하지만 바로 그렇기 때문에 당신과
어딜 가든, 당신이 있으면 숨이 막히고 부담스럽고
멸시를 받는 듯한 몹시 굴욕적인 기분이 들지요.
당신은 자신이 고결하다고 생각하니까 온 세상을
미워하네요. 신앙을 가진 사람은 그 신앙이 무지와
미숙함의 표현이라고 미워하고, 신앙이 없는 사람은
믿음과 이상이 없다는 이유로 역시 미워하지요.
노인들은 보수적이고 시대에 뒤떨어졌다고 싫어하고,
젊은 사람들은 자유분방하다고 싫어하죠. 당신은
농민과 국가의 이익은 소중하게 여기면서도,
개인적으로 농부를 만나면 혹시 도둑이나 강도가
아닐까 하고 의심을 품으면서 농부도 미워합니다.
당신은 스스로 항상 옳고 원칙의 토대 위에 서
있다면서 소작농이나 이웃을 끊임없이 심판하려고
듭니다. 호밀 스무 자루를 도둑맞았을 때도, 질서를
사랑하는 마음이라면서 당신은 도지사와 지역 관청에

농부들을 고발하다 못해 페테르부르크에까지 갔지요.
원칙의 토대라니!" 아내는 웃음을 터뜨리며 계속
말했다. "그 대단한 규범과 도덕을 내세우며 당신은
내게 여권도 주지 않고 있어요. 자존심 있는 젊고
건강한 여자가 자기 인생을 무료와 갈망과 끊임없는
불안 속에서 보내며, 그 대가로 사랑하지도 않는
사람한테 식사와 집을 제공받으라는 그러한 도덕과
법규가 있나 보군요. 당신은 규범을 아주 탁월하게
이해하고 대단히 정직하고 정의로워서 결혼과 가정의
기반을 존중한다지만, 거기에서 나오는 결과는,
평생에 걸쳐 당신이 그 어떤 선한 일도 하지 않았다는
것과 모두가 당신을 싫어하고 당신은 누구하고도
충돌한다는 사실이고, 결혼한 7년 동안 아내와 겨우
일곱 달만 같이 지냈을 뿐이라는 거예요. 당신에게는
아내가 없고, 내게는 남편이 없죠. 당신 같은 사람과
함께 산다는 건 불가능해요, 아예 방법이 없지요.
처음 몇 해 동안은 당신이 무서웠지만, 지금은
창피해요……. 그렇게 좋은 시절을 낭비했죠. 당신과
다투면서 성격은 망가져 날카롭고, 거칠고, 잘 놀라고,
의심 많게 돼버렸네요……. 아, 이런 말이 무슨 소용
있겠어요! 이해라도 해주고 싶은 건가요? 위층으로
돌아가 마음 편히 사세요."
아내는 소파에 누워 생각에 잠겼다. "사람들이

부러워하는 아름다운 인생을 살고 싶었는데!" 그녀가
생각에 잠긴 눈으로 등불을 바라보며 조용히 말했다.
"그건 어떤 인생이었을까! 이제는 되돌릴 수 없겠지."
한겨울에 시골에서 살아봐서 개도 지루해 짖지
않고 시계도 재깍재깍하는 제소리에 지쳐가는 길고
지루하고 고요한 저녁을 알며, 그런 저녁마다 갑자기
양심이 깨어나 평정을 잃고 하염없이 서성대면서
자기 마음의 소리를 듣지 않으려고 해보다가 결국
듣게 된 그런 사람이라면, 나를 나쁜 사람이라고
말하는, 이 작고 아늑한 방에 울려 퍼지는 아내의
목소리가 나에게 주는 쾌감과 해방감을 이해할 수
있을 것이다. 나는 내 양심이 무엇을 원하는지 알
수 없었지만, 아내는 여자의 방식으로 번역해서
내 불안의 의미를 해석해주었다. 이전부터 자주
극심하게 불편한 순간이 찾아왔던 이유는 기근에
시달리는 사람들 때문이 아니라 나라는 인간 자체
때문이라는 비밀을 알게 되었다.
「아내」

23   "개념, 개념……" 그녀가 대꾸도 하고 싶지 않다는
듯 힘없이 웅얼거렸다. "개념이 있다느니 없다느니,
이상, 인생의 목적, 원칙……. 이런 단어들은 당신이
사람을 비하하고 모욕하거나 듣는 사람을 불쾌하게

만들 때 늘 쓰지요. 그래요, 당신은 그런 사람이니까!
사람을 그렇게 보고 그렇게 대하는 당신이 이 사업에
참여하는 걸 만일 그냥 놔둔다면, 첫날부터 다
망쳐놓을 거예요. 이제는 알 때도 되지 않았나요."
그녀가 한숨을 내쉬고 잠시 침묵했다.
"파벨 안드레이치, 당신은 성정이 미개한 거예요."
그녀가 말했다. "당신은 대단한 가문에서 태어나
공부도 많이 했지만, 그 안에는 근본적으로 아직……
스키타이※ 같은 데가 있나 봐요! 그건 당신이
아무하고도 어울리지 않고 폐쇄된, 혐오나 하는
삶을 살고 있고, 책을 읽어도 공학 관련 서적만 읽기
때문이에요. 그러나 이 세상에는 좋은 사람도, 좋은
책도 얼마나 많은데요! 정말, 그래요……. 너무
지쳐서 더 말하기도 힘드네, 자야겠어요."
"나는 떠날 거야, 나탈리……." 내가 말했다.
"네, 네……. Merci(고마워요)……."
「아내」

※ 스키타이는 기원전 8세기부터 기원전 3세기까지 흑해 동북부 초원 지대에
살았던 유목민이다. 이들은 사르마트인에게 정복당했다가 훗날 슬라브족에
동화되었다. 러시아에서 스키타이는 야만인, 미개인이라는 뜻으로도 쓰인
다. 그래서 러시아 사람에게 미개인의 피가 흐른다고 말할 때 스키타이를 언
급한다.

²⁴   스타르체프는 집에 갔다가 곧 돌아왔다. 그는 다른
      사람의 연미복을 빌려 입고 금방 풀려 흘러내릴 것만
      같은 흰색 넥타이를 매고 한밤중에 클럽 응접실에
      앉아 예카테리나 이바노브나에게 열정적으로 사랑을
      고백했다.
      "오, 사랑해본 적 없는 사람은 정말로 모를 거예요!
      사랑이 무엇인지 제대로 써놓은 사람은 지금껏
      한 명도 없는 것 같아요. 기쁘면서도 고통스러운
      이 부드러운 감정을 표현하기란 불가능할 겁니다.
      한 번이라도 이런 감정을 느낀 사람이라면 결코
      말로 그 감정을 전하려는 터무니없는 생각은 안
      하겠죠. 에둘러 말할 필요도 설명할 이유도 없지요.
      미사여구가 무슨 소용 있겠어요. 제 사랑은 한계가
      없습니다……. 제발, 제발" 드디어 스타르체프가
      말했다. "결혼해주세요!"
      「이오니치」

²⁵   **사샤**   내 말을 그렇게 못 알아듣겠어요? (그림을 본다)
      개를 정말 잘 그렸군요! 실물을 보고 그린 건가요?
      이바노프   그래. 그건 그렇고 우리의 관계는 진부하기
      짝이 없는 로맨스지. 남자가 실의에 빠져 세상에서
      추락하기 시작하자 용감하고 강인한 여인이
      나타나서 그가 다시 일어설 수 있도록 손을 내민다.

그건 소설에나 나오는 그럴듯한 이야기지만 진짜
현실에서는…….

사샤 아니에요, 현실에서도 그래요.

이바노프 인생에 대한 이해가 깊으신가 보군!
징징거리는 내 신세 한탄이 당신에게는 경외심을
불러일으켜서, 당신은 나에게서 제2의 햄릿을
발견했다고 상상하는 거야. 하지만 내가 보기에 이건
별의별 액세서리가 달린 정신병이고 조롱받을 재료일
뿐 그 이상도 그 이하도 아니라고! 이런 배배 꼬인 내
꼴을 보고 포복절도하며 웃어야 할 텐데, 당신은 뭐
하는 거냐고! 나를 구원해서 공적이라도 세우겠다는
포즈야. 아, 정말이지, 나 자신이 정말 싫어. 오늘
어떻게든 이 상태를 해결해야 할 것 같아……. 아니면
뭐든 부숴버리든지…….

사샤 그래요, 바로 그거예요, 그렇게 하세요. 무엇이든
부수고 깨뜨리고 소리 지르세요. 나한테 화가
났잖아요, 멍청하게 여기 왔다고. 그럼 화를 내고
소리 지르고 발을 굴러요. 어때요? 화를 내세요…….
(잠시 멈췄다가) 어때요?

이바노프 우습군.

사샤 좋아요! 이제야 웃는 것 같군요! 한 번 더
웃어주시겠어요?

이바노프 (웃는다) 당신이 나를 구원하고 분별과

지혜를 가르치겠다고 나설 때 마치 별똥별이라도
보는 것처럼 얼굴이 순진해지고 눈동자가 커지는 걸
봤어. 잠깐만, 어깨에 먼지가 묻었군. (그녀의 어깨에서
먼지를 털어낸다) 남자가 순진하다는 건, 그건 바보라는
뜻이야. 하지만 당신네 여자들은 순진해도 그렇게
바보 같아지지 않으면서 귀엽고 건강하고 따뜻하지
않나. 그런데 왜들 그러는 거야? 남자가 건강하고
힘세고 쾌활할 때에는 관심도 보이지 않다가, 그가
비탈길에서 굴러떨어져 신세 한탄이라도 하면 그에게
매달리니. 힘세고 용감한 사람의 아내가 되는 게
눈물이나 질질 짜는 실패자를 보살피는 것보다 더
나쁜 일이라고 생각하는 건가?

사샤 더 나빠요!

이바노프 무슨 말이야! (크게 웃는다) 다원이 당신의
말을 듣지 못하는 게 정말 다행이군! 당신은 인류를
망치고 있으니까. 당신의 그런 자비 때문에 세상에는
불평분자와 사이코패스만 태어날 테니까.

사샤 남자들은 많은 걸 이해하지 못해요. 여자들은
모두 운이 좋은 남자보다 불행한 남자를 더 원해요,
사랑할 일이 더 많으니까요……. 이해하시겠어요?
행동하는 사랑. 남자들은 일을 하느라 바빠서 사랑은
다음으로 미뤄두죠. 아내와 대화하고, 아내와 정원을
산책하고, 그렇게 즐거운 시간을 보내다가 그녀의

무덤에서 울고, 그게 전부죠. 그러나 우리 여자에게
사랑, 그건 인생이에요. 내가 당신을 사랑한다는 건
고통으로부터 당신을 치유하고 세상 끝까지 함께
가기를 꿈꾸는 것을 의미합니다……. 당신이 산에
오르면 나도 오르고, 당신이 구덩이에 빠지면 나도
빠지는 거예요. 예를 들어, 당신의 서류를 밤새도록
베껴 쓰거나 아무도 당신을 깨우지 못하게 밤새
보초를 서거나 당신과 함께 100베르스타를 걷는다면
내게 큰 행복이 될 겁니다. 3년 전쯤 타작을 하던 중
먼지를 뒤집어쓰고 검게 그을린 채 지친 모습으로
우리 집에 와서 마실 물을 달라고 하던 당신 모습이
기억이 나네요. 물 한 컵을 가져오니 당신은 벌써
소파에 누워 죽은 사람처럼 자고 있었죠. 당신은
저녁이 다 되도록 우리 집에서 잠들어 있었고, 그
시간 내내 나는 누가 들어와 잠을 깨울까 봐 문가에
서 있었지요. 그때 얼마나 행복했는지 몰라요! 할
수 있는 일이 많고 힘이 들수록 사랑을 더 강렬하게
느끼는 법이에요. 모르시겠어요?

이바노프 행동하는 사랑…… 음……. 그건 퇴폐이거나
여자들의 꿈이야. 아니 뭐 그럴 수도 있겠지…….
(어깨를 으쓱한다) 내가 무슨 말을 하겠어!

『이바노프』

26 **트리고린** (책을 뒤적인다) 121면…… 11에서 12행……
여기로군……. (읽는다) '당신에게 내 생명이 필요하면
언제라도 가져가세요.'

트레플레프, 바닥에서 붕대를 집어 나간다.

아르카지나 (시계를 보고 나서) 말이 곧 준비될 거예요.

트리고린 (혼잣말로) 당신에게 내 생명이 필요하면
언제라도 가져가세요.

아르카지나 짐은 다 챙기셨나요?

트리고린 (조급하게) 네, 네……. (생각에 잠겨) 이
순수한 영혼의 호소가 왜 슬프게 느껴지는 걸까,
왜 내 가슴은 이토록 아프게 죄어오는 거지……?
당신에게 내 생명이 필요하면 언제라도 가져가세요.
(아르카지나에게) 하루만 더 머무릅시다!

아르카지나, 거절하며 고개를 젓는다.

트리고린 하루만!

아르카지나 무엇이 당신을 붙잡는지 알아요. 하지만
자제할 줄 알아야 하지 않나요? 당신은 취해 있어요.
깨어나요, 제발…….

트리고린 진지하게 말하는 거요. 당신도 신중하고

지혜롭게 생각해줘요. 부탁이오. 진정한 친구로서
모든 것을 봐줘요……. (아르카지나의 손을 잡는다)
너그럽게 생각할 줄 알잖소……. 친구로서 나를
봐줘요…….

아르카지나 (몹시 흥분하여) 그렇게도 끌리나요?

트리고린 그 여자에게 마음이 끌려! 어쩌면 내게
필요한 것이 이것인지도 모르지.

아르카지나 시골 여자의 사랑이? 오, 그렇게도 자기
자신을 모르나요?

트리고린 이따금 사람들은 걸으면서 잠을 잘
때도 있지. 내가 지금 그래요, 이렇게 당신과
이야기하면서도 잠을 자면서 그 여자 꿈을 꾸는 것만
같아. 달콤하고 신비로운 꿈이 나를 사로잡아…….
봐줘요…….

아르카지나 (몸을 떨며) 아니, 그럴 수 없어요……. 나는
평범한 여자예요. 내 앞에서 그렇게 이야기하지
마요…… 보리스, 나를 괴롭히지 마세요……
무서워요…….

트리고린 당신은 특별한 여자가 될 줄 알잖아. 젊고
매혹적이고 시적인 사랑, 환상으로 이끄는 사랑,
그런 사랑만이 이 땅에 행복을 가져다줄 수 있어!
나는 그런 사랑을 해본 적이 없어……. 젊었을 때는
출판사를 문턱이 닳도록 넘나들고 가난과 싸우느라

그럴 여유가 없었어······. 이제야 그 사랑이 찾아와
마음을 끌고 있는데······ 그런데 왜 피해야 한단
말이오?

아르카지나 (화를 낸다) 정신 나갔군요!

트리고린 놓아줘요.

아르카지나 오늘 당신들 모두 나를 괴롭히려고 작정을
했나요. (운다)

트리고린 (머리를 감싸 쥐고) 그렇게 모르겠어? 이해해줄
수 없어?

아르카지나 내 앞에서 서슴없이 다른 여자를 이야기할
만큼 내가 그렇게 늙고 추해졌나요? (그를 안고 입을
맞춘다) 당신은 미쳤어! 아름다운 나의 사람······.
당신은 내 인생의 마지막 페이지에요! (무릎을 꿇는다)
나의 기쁨, 나의 자랑, 나의 행복······. (트리고린의
무릎을 안는다) 버림받는다면 한순간도 살 수 없어.
미쳐버리고 말 거야. 놀랍도록 아름다운 나의 사람,
나의 지배자여······.

트리고린 누가 올지도 모르는데. (아르카지나를 일으켜
세운다)

아르카지나 올 테면 오라지. 당신을 향한 내 사랑이
부끄럽지 않아. (그의 손에 입을 맞춘다) 소중한 사람,
무모한 사람, 어리석은 짓을 한다면 그냥 내버려두지
않겠어, 놔두지 않겠어······. (웃는다) 당신은 내

사람이야…… 내 사람……. 이 이마도 나의 것, 이
눈도 나의 것, 비단결같이 아름다운 머리칼도 나의
것…… 전부 다 내 거야. 당신은 지혜롭고, 재능
있고, 이 시대 최고의 작가예요. 우리 러시아의 단
하나뿐인 희망이에요……. 당신의 작품은 진실하고,
소박하고, 신선하고, 건강한 유머가 가득하지…….
사람이나 풍경의 핵심을 단번에 그려내고, 작품의
인물들은 살아 숨 쉬고 있어. 당신 작품을 읽으면
희열을 느끼지 않을 수 없어! 내가 아첨을 떤다고
생각하나요? 괜한 소리 같아요? 내 눈을 똑바로
봐요…… 어서 봐요……. 거짓말하는 눈인가요?
나만이 당신의 가치를 제대로 볼 줄 알아. 나만이
당신에게 진실을 이야기한다고. 사랑하는 나의 사람,
아름다운 나의 사람……. 떠날 거죠? 응? 날 버리지
않을 거죠?

트리고린　내겐 내 의지가 없지…… 한 번도 내 의지대로
해본 적이 없어……. 무기력하고 쉽게 부서지고
언제나 순종적인데, 이런 내가 어떻게 여자의 호감을
사겠어. 나를 데려가요, 한 발짝도 떼어놓지 말고…….

아르카지나　(혼잣말로) 이 사람은 이제 내 거야. (아무
일도 없었던 듯이 태연하게) 정 원하신다면 남아
있으세요. 나 혼자 떠날 테니까, 당신은 한 일주일
뒤에 오시죠. 사실 당신이 서두를 필요는 없잖아요.

트리고린 아니오, 함께 갑시다.

아르카지나 원한다면 그러시던가…….

『갈매기』

27 **옐레나 안드레예브나** 나는 사랑이라고 생각해서 그이와
결혼한 거야. 그이가 유명한 학자라서 끌렸지.
진실하지 않고 자연스럽지 못한 사랑이었지만,
그때는 그게 진실한 사랑인 줄 알았어.

『바냐 아저씨』

28 **트레플레프** (모자를 쓰지 않고 들어온다. 총과 죽은 갈매기를
들고 있다) 혼자인가요?

니나 혼자예요. (트레플레프가 죽은 갈매기를 니나의 발
옆에 내려놓는다) 무슨 뜻이죠?

트레플레프 비겁하게 오늘 난 이 갈매기를 죽였습니다.
당신의 발밑에 바칩니다.

니나 왜 그래요? (갈매기를 집어 들어 바라본다)

트레플레프 (잠시 말이 없다가) 곧 이런 식으로 나도 나를
쏠 겁니다.

니나 다른 사람이 된 것 같아요.

트레플레프 네, 당신을 더 이상 이해할 수 없게 된
이후로 그렇게 됐습니다. 태도가 변했더군요. 시선은
차가워졌고, 나와 함께 있는 것을 불편해하지요.

니나 요즘 왜 이렇게 짜증을 내나요. 알 수 없는
상징적인 말만 하고. 이 갈매기만 해도 뭔가를
상징하고 있나 본데, 미안하지만, 이해할 수
없어요……. (갈매기를 벤치에 내려놓는다) 나는 아주
단순해서 당신을 이해할 수 없어요.

트레플레프 내 연극이 보기 좋게 실패한 그날 저녁부터
시작된 겁니다. 여자들은 실패를 용서하지 않으니까.
전부 태워버렸습니다, 마지막 한 장까지. 내가 얼마나
불행한지 당신이 알기나 합니까! 싸늘한 당신의
시선이 무섭습니다. 믿을 수가 없는 일이에요. 잠에서
깨어나 보니 마치 이 호수가 바짝 말라버렸거나
땅속으로 꺼진 듯 말입니다. 아주 단순해서 나를
이해하지 못하겠다고 했나요. 대체 여기에 이해 못할
게 뭐가 있습니까! 연극이 마음에 들지 않았던 거지요.
당신은 내 영감을 무시하고, 이제는 나를 다른 많은
사람처럼 평범하고 하찮게 여기고 있습니다……. (발을
구른다) 아주 잘 압니다, 잘 알고 있습니다! 머릿속에
못이라도 박힌 것 같습니다. 그 못이 자존심을
후벼 파죠. 내 피를 뱀처럼 빨아먹는 그 자존심을
저주합니다…….

『갈매기』

29 **소냐** 저는 못생겼어요.

엘레나 안드레예브나 네 머리카락은 아름다워.

소냐 아뇨! (거울에 자신을 비춰 보려고 주위를 둘러본다)
아뇨! 여자가 못생겼을 때에는 이렇게 말하죠. 네
눈은 아름다워, 네 머리카락은 아름다워…….

『바냐 아저씨』

30 **엘레나 안드레예브나** 이 불쌍한 여자애를 이해할 만해.
온통 지독한 권태에, 사람들은 회색 점들처럼
어슬렁거리고, 저속한 말들만 늘어놓고, 그저 먹고
마시고 잠이나 잘 뿐이지. 이런 사람들하고는 전혀
다른 그 사람이, 잘생기고 재미있고 매력 있는 그
사람이 이따금 들르면, 어둠 속에서 밝은 달이 떠오른
것 같겠지……. 그런 사람의 매력에 반해버릴 만도
하지…….

『바냐 아저씨』

31 **아스트로프** (웃으며) 교활하군요! 소냐가 괴로워할 수도
있다는 건 인정합니다. 하지만 왜 그걸 당신이 묻죠?
(그녀의 말을 막으며, 활기차게) 아아, 놀란 얼굴을 하지
마십시오. 당신은 내가 여기 매일 오는 이유를 너무도
잘 알고 있습니다……. 왜, 누구 때문에 내가 오는지,
당신은 잘 알고 있지 않습니까. 사랑스러운 솔개여,
그렇게 노려보지 마시오, 나는 늙은 참새랍니다…….

옐레나 안드레예브나 솔개라뇨? 무슨 말을 하는 거예요.

아스트로프 예쁘고 털이 복슬복슬한 족제비여…….
당신은 먹잇감이 필요하지! 여기 내가 한 달 동안
아무 일도 하지 않고 모두 다 팽개치고 열렬히 당신만
찾고 있으니, 당신 마음에 무척 들 거요, 무척…….
어때요? 내가 졌소, 심문하지 않아도 잘 알 텐데. (두
팔을 십자로 교차시키고 고개를 숙인다) 항복이오, 자,
잡아먹으시오!

옐레나 안드레예브나 미쳤군요!

아스트로프 (이를 드러내며 웃는다) 부끄럽나요…….

옐레나 안드레예브나 당신이 생각하는 것처럼 나는
그렇게 천박하지 않아요! 맹세해요! (나가려 한다)

아스트로프 (길을 막으며) 오늘 떠나겠소, 다시는 여기
오지 않겠소, 하지만…… (그녀의 손을 잡고 주위를
둘러본다) 어디서 만날까요? 빨리 말하시죠, 어디서?
사람들이 오기 전에 빨리 말해요…… (정열적으로)
정말 아름다워, 화사해…… 한 번만…… 당신의
향기로운 머리카락에 입 맞추게 해주오…….

옐레나 안드레예브나 맹세해요…….

아스트로프 (말을 막으며) 맹세라뇨? 맹세할 필요
없어요. 그런 말은 필요 없어요……. 아, 정말
아름다워! 이 손도! (손에 입 맞춘다)

옐레나 안드레예브나 그만두세요…… 떠나세요……. (손을

뺀다) 미쳤어요.

아스트로프 말해요, 말하세요, 내일 어디서 만나죠?
(허리를 안는다) 피할 수 없다는 걸 알잖소, 우린
만나야 합니다. (그녀에게 입 맞춘다. 이때 꽃다발을 든
보이니츠키가 들어와 문 옆에서 멈춰 선다)

옐레나 안드레예브나 (보이니츠키를 보지 못하고)
용서하세요……. 날 내버려두세요. (머리를 아스트로프
가슴에 기댄다) 안 돼요! (나가려 한다)

아스트로프 (허리를 안은 채) 내일 숲으로 오십시오……
두 시쯤……. 알겠죠? 네? 올 거죠?

옐레나 안드레예브나 (보이니츠키를 발견하고) 놔주세요!
(크게 당황하여 창 쪽으로 비켜선다) 무서워요.

보이니츠키 (꽃다발을 의자 위에 놓는다. 흥분한 채,
손수건으로 얼굴과 목덜미를 닦는다) 괜찮습니다……
네…… 괜찮습니다.

아스트로프 (불쾌한 표정으로) 오늘은 날씨가 나쁘지
않군, 친애하는 이반 페트로비치. 아침에는 비가
올 듯 흐렸지만, 지금은 해가 났으니. 정말 멋진
가을이야…… 자네의 가을 파종도 문제없을 거고.
(차트를 말아 통에 넣는다) 단지 낮이 짧아져서…….
(나간다)

옐레나 안드레예브나 (빠르게 보이니츠키에게 다가간다) 힘
좀 써서 나와 남편이 오늘이라도 여길 떠날 수 있게

해주세요! 아시겠어요? 오늘이라도!

보이니츠키 (얼굴을 닦으며) 뭐? 아, 그래요······
좋습니다······. 나는, 헬렌, 모두 다 봤습니다, 모두
다······.

엘레나 안드레예브나 (신경질적으로) 아시겠어요?
오늘이라도 여길 떠나야겠어요!

『바냐 아저씨』

32 **보이니츠키** 정말 바보 같은 짓을 했어. 두 방을 쏘고도
하나도 맞추지 못하다니! 이런 나 자신을 용서할 수
없어!

아스트로프 정 쏘고 싶었다면 자기 이마나 쏠 것이지.

보이니츠키 (어깨를 움찔하고) 이상해. 사람을 죽이려
했는데도 붙잡아 법정에 보내지 않다니. 그러니까
나를 미친놈으로 여기는 건가. (냉소) 나는
미친놈이고, 자신의 무능, 어리석음, 불쾌하기
그지없는 냉혹함을 학자라는 겉모습 속에 숨기고
있는 교수라는 자는 미친놈이 아니지. 늙은이한테
시집가서 모두가 보는 앞에서 그 늙은이를 속이는
자는 미친년이 아니지. 나는 봤어, 봤어, 자네가 그
여자를 껴안는 걸 말이야!

아스트로프 그래, 껴안았어, 하지만 자네에겐 이거야.
(무시하며 코끝을 밀어 올린다)

보이니츠키 (문을 바라보며) 아니, 당신들을 떠받치느라 이 지구가 미쳤어!

아스트로프 바보 같은 소리.

보이니츠키 그래, 미친놈이라 책임도 없으니 바보 같은 소리를 할 권리가 있어.

아스트로프 고리타분하군. 자네는 미친 게 아니라 단지 이상한 거야. 광대 같은 거지. 예전에 나는 이상한 사람이란 병적이고 비정상적인 자들이라고 여겼지만, 이제는 정상적인 상태의 사람이 바로 이상한 사람이라고 생각해. 자네는 지극히 정상이야.

보이니츠키 (손으로 얼굴을 가린다) 창피하군! 내가 얼마나 창피한지 자네가 아나? 이 찌르는 듯한 창피함은 어떤 통증과도 비교할 수 없을 거야. (괴로워하며) 견딜 수 없어! (테이블에 기대며) 어떡하면 좋지? 어떡하면 좋아?

『바냐 아저씨』

33 **솔료니** 생전 처음 당신에게 사랑을 고백하는 겁니다, 저는 지금 지상이 아니라 어디 별나라에라도 있는 기분입니다.

『세 자매』

34 **마샤** 소설을 읽을 땐 모두 뻔하고 쉬워 보였는데,

사랑에 빠지니까 누구 하나 알려주는 사람도
없고 전부 스스로 결정해야 한다는 사실만
알겠더라고……. 언니, 이리나……. 고백했으니
앞으론 아무 말도 하지 않을게……. 고골의 소설에
나오는 미치광이[※]처럼…… 침묵해야지…… 침묵…….

『세 자매』

35 **투젠바흐** (조급하게) 한 시간 후에는 돌아와 당신
옆에 있겠어. (이리나의 손에 입을 맞춘다) 나의 사랑,
이리나……. (이리나의 얼굴을 유심히 바라본다) 당신을
사랑한 지 5년이 흘렀지만 여전히 낯설어. 당신은
점점 더 아름다워지는 것 같아. 신비롭고 매혹적인
머리카락! 이 두 눈동자! 내일 나는 당신과 함께 떠날
거요. 우리는 일을 해서 부자가 되는 거지. 내 꿈들이
되살아나고, 당신도 행복해지는 거지. 다만 한 가지,
당신이 나를 사랑하지 않을 뿐!

이리나 그건 어쩔 수 없어요! 당신의 아내가 될게요.
정숙하고 충실한 아내가 되겠어요. 하지만 사랑이
없는 건 어떻게 하겠어요! (운다) 한 번도 사랑한 적이
없어. 오, 내가 얼마나 간절히 사랑을 꿈꾸었는데,

[※] 고골의 소설 「광인 일기」 속 주인공 포프리신. 직장 상사의 딸을 사랑하면서
점차 세상에 대한 판단이 흐려져 미쳐간다.

아주 오래전부터 낮이나 밤이나 꿈꾸었는데, 내
마음은 덮개가 닫힌 채 열쇠를 잃어버린 값비싼
피아노 같아.

『세 자매』

36 **베르시닌** 사랑합니다, 사랑합니다, 사랑합니다…….
당신 눈동자, 당신 모습을 사랑합니다, 꿈속에서도
봅니다……. 우아하고 경이로운 여인이여!

『세 자매』

37 **트로피모프** 그 사람이 건달이란 건 모두가 아는
사실입니다, 당신만 모르고 있는 겁니다! 그 사람은
아무 쓸모없는 건달이니…….
류보비 안드레예브나 (화가 났으나, 참으며) 스물여섯 아니
스물일곱 살인가요. 그런데 아직 중학교 2학년 아이
같군요!
트로피모프 맘대로 생각하시죠!
류보비 안드레예브나 어른이 될 때도 됐잖아요. 사랑을
하고 있는 사람들을 이해할 만한 나이가 되었다고요.
누군가를 사랑할 때도 되지 않았나요…… 사랑을 할
줄도 알아야죠……. (화를 낸다) 그래, 그래! 당신은
순수한 게 아니라 결벽증에 걸린 거야. 우스꽝스러운
괴짜, 괴물 같으니…….

트로피모프 (불쾌해져서) 무슨 말을 하는 겁니까!

류보비 안드레예브나 '나는 사랑 같은 건 초월해
있답니다!' 당신은 사랑을 초월한 게 아니라 피르스의
말처럼 덜된 놈에 불과하다고요. 그 나이에 사랑하는
사람이 없다니……!

트로피모프 (불쾌해져서) 정말 지독하군! 도대체 무슨
말을 하는 겁니까?! (머리를 감싸고 재빨리 홀 쪽으로 간다)
정말 지독하군……. 참을 수가 없습니다, 나가죠…….
(나가다가 다시 돌아와) 이제 당신과 끝입니다! (현관으로
나간다)

류보비 안드레예브나 (그 뒤에 대고 소리친다) 페챠,
기다려요! 우습지도 않나요, 농담을 했을 뿐인데!
페챠!

『벚꽃 동산』

38   **무대 뒤 오른편에서 총소리가 들린다. 모두 놀란다.**

아르카지나 (겁에 질려) 무슨 일이에요?

도른 아무 일도 아닐 겁니다. 내가 들고 다니는
약통에서 뭔가 터졌나 봅니다. 걱정하지 마시죠.
(오른쪽 문으로 나간다. 30초 뒤에 돌아온다) 그렇습니다,
에테르병이 터졌어요. (노래를 부른다) '나는 다시 당신
앞에 넋을 잃고 서 있으니…….'

아르카지나 (탁자에 앉는다) 후유, 놀랐어. 그때 일이
기억나서…… (두 손으로 얼굴을 가린다) 눈앞이
캄캄했어…….

도른 (잡지를 넘기며, 트리고린에게) 두 달 전 여기에 어떤
기사가 실렸는데 말이에요…… 미국에서 온 편지였던
것 같은데, 물어볼 말이 좀 있어요…… (트리고린의
허리 부분을 잡고 무대 앞쪽으로 걸어 나온다) 그러니까
나는 이 문제에 관심이 아주 많은데……. (낮은 톤으로,
조용히) 이리나 니콜라예브나를 여기서 데리고
나가십시오……. 콘스탄틴 가브릴로비치가 총으로
자살을 했습니다……. (막이 내려온다)

『갈매기』

III

자연과 사회에 대하여

1   자연에는 무엇 하나 쓸모없거나 무의미한 것이 없다.
「결투」

2   하늘을 보아라! 별들, 아주 작은 별들도 모두 하나의
세계다. 우주에 비하면 인간은 얼마나 왜소한가.
「나의 삶」

3   자연은 아주 훌륭한 진정제입니다. 자연은 평화를
가져다주지요. 즉, 사람을 무심하게 만들어줍니다.
이 세상을 살려면 무심할 필요가 있습니다. 사심이
없어야 사물을 명확하게 볼 수 있고 공정할 수 있으며
일도 할 수 있습니다. 아, 물론, 현명하고 고결한
인품을 가진 사람의 경우에 그렇다는 말입니다.
이기적인 사람이나 무기력한 사람의 무관심은 이와는
다른 문제입니다.
「수보린 ※ 에게 보낸 편지(1889.5.)」

4   태양, 하늘, 숲, 강, 나무. 이 모두는 서로 적응하며
조화를 이룬다.
「피리」

※   알렉세이 세르게예비치 수보린(Aleksey Sergeyevich Suvorin, 1834~1912). 신문 〈새
시대〉를 발행한 출판인이자 평론가.

5 해가 지고 대지에 어둠이 내리면 하루의 애환은
   잊히고 모든 것은 용서받고 대초원은 넓은 가슴으로
   가벼운 한숨을 내쉰다.
   「대초원」

6 **소냐** 숲은 지상을 아름답게 꾸며주고 사람에게
   아름다움을 이해하게 해주고 장엄한 기분이 들게
   해준답니다. 숲은 혹독한 날씨를 온화하게 해주죠.
   날씨가 온화한 지역에서는 자연과의 싸움에 힘을 덜
   쏟기 때문에 사람들이 더 편안하고 부드럽답니다.
   그런 곳에 사는 사람들은 아름답고 유연하며
   민감하고 하는 말도 세련되고 행동도 우아하죠. 그런
   곳에서는 학문과 예술이 융성하고 철학도 우울하지
   않고 여성을 대하는 태도도 아주 정중하고 기품이
   있답니다.
   『바냐 아저씨』

7 고요하고 따뜻한 날씨였고, 바다 냄새가 났다.
   경이로울 정도로 아름다운 만灣이 달빛을 받아, 한
   단어로 표현하기 힘든 빛깔을 띠었다. 파란색과
   초록색이 부드럽고 경쾌하게 섞인 그런 빛깔이었다.
   바다의 어떤 부분은 황산동 빛깔을 띠었고, 또 어떤
   부분은 강렬한 달빛이 바닷물 대신 만을 가득 채운

듯했다. 얼마나 아름다운 빛깔들의 조화인가! 얼마나
평화롭고 고요하고 장엄한 분위기인가!

「검은 수사」

8 5월의 노을, 연하고 어린 신록, 라일락 향기,
    딱정벌레의 윙윙거리는 소리, 고요함, 따뜻함. 매년
    반복되는 봄이지만 또다시 맞이한 5월의 이 모든 것이
    무척이나 새롭고 특별했다!

「나의 삶」

9 5월, 저녁 6시가 되었다. 이 시간이면 하얀 아카시아와
    라일락의 향기가, 공기는 물론이고 나무 자체도
    자신의 향기에 움츠러들 정도로 강하게 풍겼다.

「문학 교사」

10 아침에 눈이 내리더니 1.5베르쇼크나 쌓였다—5월
    14일에 말이다! 정오가 되자 눈은 비로 바뀌었고
    해 질 녘에는 진눈깨비가 내렸다. 강기슭에 서서
    물결을 헤치며 다가오는 배를 바라보는데, 그때 눈과
    추위와는 전혀 어울리지 않는 현상이 일어났다. 천둥
    치는 소리가 선명하게 들린 것이다. 마부들은 성호를
    그으며 곧 따뜻해질 징조라고 말했다.

『시베리아에서』

11 자연과의 친밀함과 한가로움은 행복의 필수
조건이라고 생각합니다. 그것들 없이는 행복할 수
없지요.

「수보린에게 보낸 편지(1894.5.)」

12 이 순간 바다 위 하늘에서는 해 지는 쪽으로 구름이
몰려들었다. 어떤 구름은 개선문처럼 보였고, 어떤
구름은 사자처럼, 어떤 구름은 가위처럼 보였다. 구름
사이로 커다란 초록빛이 비치더니 하늘 가운데로
뻗어나갔다. 잠시 후 그 빛 옆으로 보랏빛, 금빛,
장밋빛이 비쳤다. 하늘은 곧 부드러운 연보라색이
되었다. 바다는 위대하고 매혹적인 하늘을 바라보며
처음에는 얼굴을 찌푸렸지만, 곧 인간의 언어로
표현하기 힘든 부드럽고 열정적이고 기쁨이 넘치는
색깔을 띠어갔다.

「구세프」

13 숨 막힐 듯 푹푹 찌는 무더위를 피할 수 없는 뜨거운
날에는 멱 감는 사람의 거친 숨소리와 물 튀기는
소리가 아름다운 음악처럼 들린다.

「대초원」

14 구름 한 점, 얼룩 하나 없이 별들이 총총한 창백한

푸른 하늘을 올려다보고 있으면 왜 따뜻한 대기는
움직임 없이 고요한지, 왜 자연은 흔들리기를
염려하고 조심스러워하는지 알 것만 같다. 그
짧은 한순간도 소중해서 극도로 조심하는 것이다.
한계가 없는 하늘의 깊이와 넓이는 오직 달빛
비치는 밤의 대초원에서만 가늠해볼 수 있으리라.
하늘은 무섭고 아름답고 부드러우면서도 애잔하게
아래를 내려다본다. 하늘의 빛깔에 머리가 어지러울
지경이다.

「대초원」

15 그는 한참 동안 들길을 걸었다. 저 멀리 어두운 띠
모양으로 나타난 묘지가 숲이나 커다란 정원처럼
보였다. 이윽고 흰 돌담과 출입문이 나왔다. 달빛을
받아 문 위쪽에 쓰인 글자를 알아볼 수 있었다.
"그때가 오리라." 쪽문을 열고 들어간 스타르체프
눈에 맨 처음 들어온 것은 가로수 길 양옆으로
쭉 늘어선 하얀 십자가와 묘비 그리고 포플러가
드리운 검은 그림자였다. 저 멀리까지 흰색과
검은색이 보였고, 묘지의 가로수는 졸린 듯 가지를
축 늘어뜨리고 있었다. 들판보다 밝은 듯했다.
새나 동물의 발바닥 같은 단풍잎이 가로수 길의
누런 모래와 묘비 위에 뚜렷이 그림자를 남겼고,

비석의 글자도 선명했다. 스타르체프는 평생 처음
보는, 그리고 아마도 다시는 못 볼 광경에 충격을
받았다. 그것은 지금까지 보아온 어떤 것과도 다른
세상이었다. 달빛이 마치 여기가 자기 요람이기라도
한 듯 부드럽고 편안하게 깃들어 있는 세상, 아무리
봐도 살아 있는 것 하나 없어 보이지만 검은 포플러
한 그루 한 그루, 무덤 한 기 한 기에서 조용하고
아름답고 영원한 삶을 약속하는 신비의 존재가
느껴지는 세상. 비석과 시든 꽃에서 가을 낙엽의
냄새와 함께 용서, 슬픔, 안식이 풍겼다.

「이오니치」

16 짙은 안개 사이로 모든 게 보이긴 보였지만 사물의
색깔이나 윤곽은 분별하기 힘들었다. 모든 것이
실제와 다르게 보였다. 마차를 타고 가는데 갑자기
수도사와 같은 실루엣이 멀리 길가에 서 있는 것
같았다. 손에 뭔가를 들고 미동도 하지 않고 기다리고
있는 것 같기도 했다. 그럼 혹시 강도 아닐까? 그
형상이 점점 더 가까워지고 커져갔다. 마차가 바로
옆을 지날 때 보니 그것은 사람이 아니라 홀로 서 있는
관목과 커다란 바위였다. 그렇게 움직이지도 않고
누군가를 기다리는 듯한 형상들이 낮은 구릉 위에 서
있기도 하고 분묘 뒤에 숨어 있기도 하고 잡초 사이로

비쭉 고개를 내밀고 있기도 했다. 이들은 모두 사람
같아서 마음을 졸이게 했다.

「대초원」

17   예고루시카는 팔베개를 하고 누워 하늘을
     올려다봤다. 저녁노을이 불타오르다가 점차 꺼져가는
     모습이 보였다. 수호천사들이 황금빛 날개로
     지평선을 덮으며 잠자리를 마련하고 있었다. 하루가
     무사히 지나가고 고요하고 평화로운 밤이 찾아와서
     천사들이 하늘에 있는 그들의 집에서 편히 쉴 수 있게
     되었다. 예고루시카는 하늘이 점점 어두워지고 대지
     위에 짙은 안개가 내려앉고 별들이 하나둘 반짝이기
     시작하는 광경을 쳐다보았다.
     오랫동안 눈을 떼지 않고 깊은 하늘을 바라보고
     있으면 왠지 모르게 마음도 생각도 외로움에 젖는다.
     자신이 고독한 존재라는 느낌이 걷잡을 수 없이
     들기 시작하다가 한때 가깝고 소중하게 여겼던 모든
     것이 한없이 멀고 쓸모없는 게 되어버린다. 수천 년
     넘게 하늘에서 내려다보고 있는 별들, 결코 다 알 수
     없는 하늘, 인간의 짧은 삶에는 관심도 없는 안개,
     그런 대상들을 마주하고 그것들의 의미를 알려고
     애써보지만 그 침묵으로 마음이 움츠러든다.

     「대초원」

18   모두가 먼 곳을 바라보며 눈으로 여우를 찾기
      시작했지만 아무것도 발견하지 못했다. 바샤 혼자만
      짙은 회색 눈으로 뭔가를 보며 매료되어 있었다. 그의
      시력이 놀라울 정도로 예리하다는 사실을 나중에
      예고루시카는 확실히 알게 되었다. 언뜻 보면 휑하니
      드넓기만 한 대초원도 생명과 갖가지 내용물들로
      가득 차 있다는 것을 그는 아주 잘 이해했다. 그는 먼
      곳을 향해 눈을 들기만 해도 여우, 토끼, 너새 또는
      사람의 흔적이 전혀 없는 곳에서 사는 동물들을
      금방 발견한다. 물론 대초원을 여행하는 사람이라면
      어렵지 않게 뛰어가는 토끼나 날아다니는 너새를
      볼 수 있다. 그러나 그렇게 야생 동물이 주위를
      경계하면서 숨기 위해 빠르게 뛰어가는 모습이
      아니라 자기 보금자리에서 편안하게 지내는 모습은
      아무나 볼 수 없다. 바샤는 장난치는 여우, 발로
      세수하는 토끼, 날개를 파닥거리는 너새, 자기
      점을 찍고 다니는 새끼 너새를 본다. 예리한 시력
      덕분에 바샤는 우리가 보고 사는 세계 외에 다른
      세계를 더 가지고 있다. 그 세계는 누구도 접근할 수
      없는 자기만의 세계다. 바샤가 그 세계를 바라보며
      매료되어 있는 모습을 보면 그를 부러워하지 않을 수
      없다. 그곳은 아마도 매우 좋은 세계일 것이다.
      「대초원」

19 그가 잠에서 깨어났을 때 이미 해가 떠오르고 있었다.
무덤이 해를 가리고 있었지만 해는 세상을 밝히려고
애쓰면서 사방으로 빛을 발산하여 지평선을 금빛으로
물들였다. 예고루시카에게는 해가 제자리를 벗어난
것처럼 보였다. 어제는 등 뒤에서 솟아올랐는데
오늘은 훨씬 더 왼쪽에서 떠올랐기 때문이다. 하긴
지형 전체가 어제와 달랐다. 구릉은 이제 보이지
않았고 어디를 둘러봐도 무료한 대평원이 그 끝을
알 수 없이 펼쳐져 있었다. 드문드문 작은 무덤들이
올라와 있었고 어제의 갈까마귀들이 날아다녔다.
멀리 앞에는 종탑과 어느 마을의 농가들이 하얗게
보였다. 마침 일요일이라 가족이 집에 모여 앉아
음식을 끓이고 굽고 있는 모양이었다. 굴뚝마다
연기가 피어올랐고 마을 앞쪽에는 밝은 회청색
휘장이 쳐져 있었다. 농가들 사이 교회당 너머로 파란
냇물이 흘렀고, 그 뒤로 멀리 안개가 껴 있었다. 길
역시 어제와는 전혀 달랐다. 길이라기보다 유난히
넓고 분방하고 장대한 회색 띠 같은 것이 대평원을
따라 쭉 뻗어 있었다. 먼지가 덮인 회색 띠는 폭이
수십 사젠이나 되었다. 그 광대함에 놀라 당황한
예고루시카는 슬며시 동화적 상상으로 이끌렸다.
누가 이 길을 다닐까? 이렇게 광활한 공간이
필요한 존재는 어떤 존재일까? 참으로 이해할 수

없고 이상하다. 사실 러시아에는 아직도 일리야
무로메츠나 솔로베이 라즈보이니크같이 거대하고
넓은 보폭으로 성큼성큼 걷는 그런 인간이 살아 있고,
보가티르[×]의 말들도 여전히 다니고 있다는 생각이
들었다. 예고루시카는 길고 커다란 길을 바라보며
성서의 삽화에서 봤던 거대한 전차 여섯 대가 나란히
질주하는 모습을 상상했다. 꿈속에서나 볼 수 있는
아니면 상상으로만 만날 수 있는 그런 인간들이 몰고,
거칠고 사나운 말 여섯 마리가 끄는 커다란 바퀴
달린 전차가 하늘까지 닿을 듯 뿌옇게 먼지구름을
일으키며 달려간다. 그런 존재라면 이런 대평원과
길고 드넓은 길에 어울릴 것이다! 대초원을 보니 그런
존재가 살고 있을 것만 같았다!

「대초원」

20 러시아에서 시베리아로 가는 여행에서
    풍경을 중요하게 생각한다면 우랄 지역부터
    예니세이강까지는 지루할 것이다. 추운 평원,
    구부러진 자작나무들, 웅덩이, 드문드문 흩어진

× 보가티르는 고대 러시아 영웅서사시에 나오는 거인 용사를 가리킨다. 일리
   야 무로메츠는 외세의 침입을 물리쳐 조국을 구한 보가티르고, 솔로베이 라
   즈보이니크는 대초원에 살며 휘파람을 불어 상대를 무기력하게 만드는 괴
   물 강도다.

호수, 5월의 눈, 황량하고 쓸쓸한 오비강의 지류들,
이것들이 처음 2천 베르스타를 가는 동안 기억나는
전부다. 외부인들이 신성시하고 우리 여행자들이
숭배하며 세월이 흘러도 시베리아 시인들에게
고갈되지 않는 황금 광산이 될 자연, 독창적이고
장엄하며 아름다운 시베리아의 자연은 예니세이강
이후부터 시작된다.

볼가강의 열렬한 숭배자들에게는 미안하지만
살면서 예니세이강보다 더 장엄한 강은 본 적이
없다. 볼가강이 우아하고 수줍어하고 애수에 찬
미인이라면, 예니세이강은 힘과 젊음을 주체할 줄
모르는 매우 강력하고 사나운 용사다. 볼가강에서
들리는 노랫소리는 강하게 시작해서 신음으로
끝난다. 볼가강에서는 금빛으로 빛나는 희망이
러시아의 염세주의라고 불리는 무기력으로 바뀌는
것이다. 예니세이강에서는 신음으로 시작된 삶이
꿈에서도 볼 수 없었던 용맹함으로 끝난다. 적어도
나는 넓은 예니세이강 둑에 서서 무시무시한 속도와
힘으로 거친 북극해를 향해 돌진하는 강물을
탐욕스럽게 바라보며 그렇게 생각했다. 예니세이
강변은 혼잡하다. 낮은 파도가 서로 덮치고 모여
소용돌이를 그리는데, 마치 힘센 장사처럼 강둑을
씻어내고 바닥을 뚫을 기세였다. 예니세이강

유역에는 시베리아의 어떤 곳보다 훌륭하고
아름다운 도시 크라스노야르스크가 있다. 그쪽에는
캅카스산맥을 연상시키는, 안개가 자욱하고 몽환적인
산들이 늘어서 있다. 나는 서서 생각했다. 앞으로
충만하고 현명하며 대담한 인생들이 이 강기슭을
얼마나 빛낼까! 나는 시베리아인이 예니세이강
하구로 들어가기 위해 페테르부르크에서 증기선을
타고 북극해를 항해하는 내용의 글을 읽고 그
시베리아인을 무척이나 부러워했다.

『시베리아에서』

21   예니세이강이 끝나자마자 유명한 타이가[※] 가
시작된다. 타이가는 널리 회자되고 있고 그와
관련된 많은 책자가 있기 때문에 처음에는 기대와
달라 좀 실망했던 것 같다. 길 양쪽으로 소나무,
낙엽송, 가문비나무, 자작나무로 이뤄진 평범한 숲이
끊이지 않고 쭉 뻗어 있었다. 둘레가 다섯 아름이
되는 나무도 없었고, 현기증 날 정도로 꼭대기를
올려다봐야 하는 나무도 없었다. 모스크바의
소콜니키 숲에 있는 나무들보다 더 큰 나무도 보이지
않았다. 타이가는 조용하고 초목에서 냄새가 나지

※   시베리아 침엽수림대.

않는다고 들었다. 그러나 기대와 달리 타이가를
지나는 내내 새들이 지저귀고 벌레들이 웅웅거렸다.
햇볕에 달아오른 침엽수림은 짙은 송진 냄새로
대기를 가득 채웠고, 보는 이를 황홀하게 만드는 숲속
풀밭과 길 가장자리를 덮은 연한 파란색, 분홍색,
노란색 꽃들이 향기를 내뿜었다. 타이가에 대해서 쓴
사람들은 타이가를 봄이 아니라 여름에 관찰한 것이
분명하다. 여름에는 러시아의 숲에서도 소리가 나지
않으며 향기도 풍기지 않는다.
타이가의 힘과 매력은 거대한 나무나 무덤 같은
고요함에 있는 것이 아니라 철새들만이 타이가의
끝을 알고 있다는 사실에 있다. 첫날에는 크기에
대해서 아무런 생각도 들지 않았다. 그러나 이틀,
사흘이 지나면서 놀라게 됐고 나흘, 닷새가 되면서
이 녹색 괴물에서 벗어나지 못할 것 같은 기분이
들었다. 숲으로 뒤덮인 높은 언덕에 올라가서 앞으로
갈 동쪽을 보면 아래로도 숲이 보이고 멀리에도 숲이
울창하게 우거진 구릉이 보이고 그 너머로 역시 숲이
울창한 다른 구릉이 이어져 있고 또 그 너머로 새로운
구릉이 끝도 없이 펼쳐져 있다. 하루가 지나 다시
구릉에 올라가서 보면 똑같은 광경이 펼쳐진다…….
그 앞으로 더 가면 안가라강과 이르쿠츠크가
있겠지만, 숲 너머 숲이 펼쳐져 남쪽으로도

북쪽으로도 그 길이가 몇 백 베르스타가 되는지
타이가에서 태어난 마부나 농부들도 모른다. 그들의
상상력은 우리보다 훨씬 더 대담하지만, 그래도
그들은 타이가의 크기를 무분별하게 단정하기를
꺼리며 당신의 질문에 이렇게 대꾸할 것이다. "끝이
없소이다!" 그들은 겨울이 되면 먼 북쪽에서 순록을
타고 타이가를 거쳐 빵을 사러 오는 사람들이 있다는
것만 알 뿐, 노인들조차 그 사람들이 누구인지,
어디서 오는지 모른다.
침엽수 주위로 배낭과 솥을 등에 짊어진 탈주범이
배회하곤 하지만, 광대한 타이가와 비교하면
그자의 범행, 고난, 그리고 그자 자체가 얼마나 작고
하찮은가! 그는 여기 타이가에서 작은 모기가 죽어도
전혀 별스럽거나 끔찍하지 않듯이 그렇게 사라질
것이다. 사람이 거의 거주하지 못하는 타이가는
극복하기 어렵다. '인간은 자연의 왕이다'라는 말은
이곳에서 서툴고 허황되게 들린다. 만일 시베리아에
살고 있는 사람들이 모두 모여 타이가를 없애기로
합의하고 도끼와 불로 그 일을 시작한다면, 불을
내어 바다를 말려버리겠다는 박새의 이야기를
되풀이하게 될 것이다. 불을 내서 5베르스타를
태운다고 해도 거의 눈에 띄지 않을 것이며 수십 년이
지나면 그 자리는 더 젊고 빽빽한 숲으로 짙게 뒤덮일

것이다. 한 탐험가가 동쪽 강변을 따라 탐험하다가
실수로 숲에 불을 낸 적이 있었다. 눈에 보이는
푸른 지역이 순식간에 불길에 휩싸였다. 그 광경에
충격을 받은 탐험가는 자신이 무서운 재앙을 일으킨
장본인이라고 탓했다. 하지만 이 광활한 타이가에서
10여 베르스타는 아무런 의미도 없었다. 화재가 났던
자리에 지금은 통과할 수도 없는 숲이 생겨 곰들이
평화롭게 지내고 들꿩이 날아다닌다. 탐험가의
실수는 그를 놀라게 했던 무서운 재앙보다 훨씬 더
큰 흔적을 남겼다. 타이가에서는 인간의 척도가 전혀
쓸모없다.

『시베리아에서』

22 **아스트로프** 도대체 왜 허투루 숲을 파괴하느냐는
말이야. 러시아의 숲은 도끼질에 신음하고 있어.
수십억 그루의 나무가 잘려나가고, 동물과 새들이
사는 곳은 황폐해지고, 강은 바닥을 드러내며
말라가고, 아름다운 풍경은 흔적도 없이 사라지는,
이 모두는 게으른 인간들이 몸을 숙여 땅에서 땔감을
주우려 하지 않기 때문이야. (엘레나 안드레예브나에게)
그렇지 않습니까, 부인? 아름다움을 자신의 난로에다
태워버리고, 우리가 창조할 수 없는 것을 파괴하는 건
생각 없는 야만인이나 할 짓이지요. 인간은 주어진

것을 늘려가도록 이성과 창조력을 부여받았습니다.
그런데도 인간은 지금껏 창조는 하지 않고 파괴만
일삼았습니다. 숲은 점차 줄어들고, 강은 말라가고,
들새는 멸종돼가고, 기후는 사나워집니다. 날이
갈수록 땅은 척박해지고 추해집니다. (보이니츠키에게)
지금 자네는 날 비꼬듯 쳐다보는군. 그래, 내 말이
자네에게는 진지하게 들리지 않겠지……. 어쩌면
괴팍하게 느껴질지도 몰라. 하지만 나는 내가 지켜낸
농촌의 숲을 지날 때나 직접 심은 나의 어린 숲이
웅성거리는 소리를 들을 때면 날씨가 어느 정도는
내 손에 달려 있고, 또 천 년 후 사람이 행복해진다면
그게 어느 정도는 내 덕이라는 걸 알 수 있어. 어린
자작나무를 심고 그 나무가 푸르러져 바람에 흔들리는
걸 바라볼 때면 내 마음은 자긍심으로 가득 차…….

『바냐 아저씨』

23 **아스트로프** 자, 여기를 보십시오. 이 지방의
지도입니다. 50년 전에는 이랬죠. 짙거나 연한
초록색은 숲을 가리킵니다. 전 지역의 절반이
숲이었죠. 초록색 위로 그려진 붉은색 격자에는
사슴, 산양이 살았고요……. 여기 식물과 동물의
분포 상태를 표시해두었습니다. 이곳 호수에는 백조,
거위, 오리들이 살았죠. 나이 드신 분들의 이야기로는

무리를 지은 온갖 종류의 새들이 엄청나게
많았답니다. 그 떼가 구름 같았다고들 합니다. 크고
작은 마을뿐 아니라, 보십시오, 여기저기 이주민촌도
있고, 독립 농가도 있고, 구교도들의 암자도
있고, 물방앗간도 있었죠……. 뿔 달린 소와 말도
많았습니다. 하늘색이 칠해진 곳이 그곳이죠. 예를
들어 이 지역에는 하늘색이 촘촘하죠. 이곳은 말 떼가
있었던 곳으로, 한 농가당 세 마리는 있었어요.
자 그럼, 아래를 보시죠. 이것은 25년 전 지도입니다.
여기서 숲은 전 지역의 3분의 1에 불과합니다. 산양은
이미 사라졌고 사슴만 남았습니다. 초록색과 하늘색이
많이 옅어졌지요. 그 밖에도 마찬가집니다. 세 번째
부분으로 넘어갑시다. 이 지방의 현재 지도입니다.
초록색은 촘촘하지 못하고 드문드문 흩어져 있습니다.
사슴도 백조도 꿩도 사라졌고…… 이전의 이주민촌,
독립 농가, 암자, 방앗간의 흔적도 없습니다. 점차
사라져가는 모습이 확연해서, 아마도 10년에서 15년
후면 아무것도 남아 있지 않을 겁니다. 당신은 이걸
문화의 영향이라고, 낡은 생활은 자연스럽게 새로운
생활에 자리를 내주어야 한다고 말하겠지요. 그래요,
숲이 사라진 이곳에 철도와 넓은 길이 나고, 여기에
크고 작은 공장과 건물들이 들어서서 사람들이 더
건강해지고 더 부유해지고 더 똑똑해진다면 나도

이해할 수 있습니다. 하지만 그런 일은 전혀 없지
않습니까! 이 지방에는 여전히 늪과 모기들, 불편한
길과 가난, 티푸스, 디프테리아, 산불뿐입니다…….
힘겨운 생존경쟁에 따르는 퇴화뿐입니다. 게을러서,
무지해서, 자각하지 못해서 오는 퇴화입니다. 사람들은
춥고 배고프다면서 자기 삶을 건사할 요량으로,
자기 자식을 돌볼 요량으로, 아무 생각도 없이 배를
채우고 몸을 녹이기 위해서 내일은 생각하지도 않은
채 전부 다 파괴하고 있습니다…….. 거의 모든 것이
파괴되었고, 대신 창조된 것은 하나도 없습니다.

『바냐 아저씨』

24 **아스트로프** 칠흑 같은 밤, 숲을 지나가다가 멀리서
     불빛이 비친다면 피곤도 어둠도 얼굴을 찌르는
     나뭇가지들도 느끼지 못할 겁니다…….

     『바냐 아저씨』

25 차갑고 어두운 바다가 울부짖고, 높은 잿빛 파도가
     모래톱을 때리며 절망에 젖어 '신이시여, 당신은 왜
     우리를 창조하셨나이까?' 하고 말하는 듯하다. 이
     바다는 가장 큰 대양, 태평양이다. 나는 나이부치※

※   현재 지명은 스타로두브스코예(Starodubskoye)다.

해안에 서 있다. 공사장에서 유형수들이 두드리는
망치 소리가 들리고, 저 멀리 반대편 해안 너머는
아메리카다. 오른쪽 안개 속으로 사할린의 곶들이
희미하게 보이고, 왼쪽도 곶이다……. 주위에는 살아
있는 것이 하나도 없다. 새 한 마리, 파리 한 마리도
없다. 이곳의 파도는 누구를 위하여 울부짖을까.
밤마다 누가 그 소리를 들을까. 파도는 무엇을 찾고
있는 것일까. 내가 떠난 뒤에도 파도는 여전히
울부짖겠지. 여기 바닷가에 서니 생각이 떠오르는 게
아니라 사색에 잠기게 된다. 무섭긴 하지만, 이 해안에
망연히 서서 파도의 단조로운 움직임을 바라보며 그
울부짖음을 한없이 듣고 싶다.

『사할린』

26 허섭스레기 위에는 언제나 문지기 니키타가 입에
파이프를 물고 누워 있다. 니키타는 색 바랜 견장을
달고 있는, 퇴역한 늙은 군인이다. 여위고 험상궂은
얼굴, 초원의 양치기 같은 인상을 주는 처진 눈썹,
붉은 코를 가졌고, 그리 크지 않은 키에 마른 데다가
힘줄이 불거져 있으며, 태도는 매우 위압적이고 주먹은
단단하다. 그는 세상 그 무엇보다도 질서를 사랑해서
'그들'은 맞아야만 한다고 확신하는, 단순하고
적극적이며 복종적이고 우둔한 부류의 인간에 속한다.

그는 얼굴이건 가슴이건 등이건 닥치는 대로 두들겨
패면서 그렇게 하지 않으면 세상의 질서가 유지되지
않는다는 신념을 가지고 있었다.

「6호 병동」

27 "점심을 먹고 산책을 나왔다가 잠시 들렀습니다."
의사가 말했다. "완연한 봄입니다."

"지금 몇 월이죠? 3월인가요?" 이반 드미트리치가
물었다.

"네, 3월 말입니다."

"밖은 질겠군요."

"아니요, 그렇게까지 질진 않습니다. 길도 이미 나
있습니다."

"마차를 타고 교외로 나간다면 얼마나 좋을까."
이반 드미트리치가 마치 잠에 취한 듯이 붉은 눈을
문지르며 말했다. "그런 다음 집으로 돌아와 따뜻하고
아늑한 서재에서…… 그리고 훌륭한 의사한테 두통을
치료받는다면……. 여기는 너무 혐오스러워! 견딜 수
없이 혐오스럽다고!"

어제의 흥분 때문에 그는 지치고 무기력해져
마지못해 이야기했다. 손끝이 떨렸고, 두통이 심한
얼굴이었다.

"따뜻하고 아늑한 서재와 이 병동 사이에는 아무런

차이도 없습니다." 안드레이 에피미치가 말했다.
"사람의 평화와 만족은 외부가 아니라 그 내부에
있으니까요."

"무슨 뜻이죠?"

"평범한 사람들은 좋거나 나쁘거나 한 원인을 자기
밖에서 구합니다. 마차가 어떻고 서재가 어떻고
하면서 말입니다. 그러나 사유할 줄 아는 사람은 모든
원인을 자기 내부에서 구한답니다."

"그런 철학이라면, 등자 향이 퍼지는 따뜻한
그리스에나 가서 늘어놓으시지, 이곳 기후에는 맞지
않으니까. 내가 누구하고 디오게네스를 이야기했지?
당신이었던가?"

"그렇습니다, 어제 나하고 이야기했습니다."

"디오게네스에게는 서재도 따뜻한 집도 필요 없었소.
그렇지 않아도 그곳은 더우니까. 나무통 속에 누워서
오렌지와 올리브 열매를 먹을 수 있었소. 하지만
러시아에 데려와 살라고 하면, 그는 12월은 고사하고
5월이 되어서도 방 안으로 들어가겠다고 간청했을
거요. 추위 때문에 분명히 괴로워했을 거외다."

"그렇지 않습니다. 추위는 물론이고 다른 어떤 고통도
느끼지 않을 수 있습니다. 마르쿠스 아우렐리우스는
이렇게 말했지요. '고통은 고통에 대한 살아 있는
관념이다. 의지를 가지고 관념을 바꾸기 위해

노력하라. 관념을 버려라. 불평을 그쳐라. 그러면
고통이 사라질 것이다.' 옳은 말입니다. 현인, 아니
그렇게 거창한 인물이 아니더라도 사상이 있고
생각할 힘이 있는 사람은 괴로움을 무시할 줄 안다는
점에서 다르지요. 그런 사람은 늘 만족해 있고 어떤
일에도 놀라지 않습니다."

"그러니까 나는 백치로군. 언제나 괴로워하고, 불만에
가득 차 있고, 사람들의 비열함에 놀라니까 말이오."

"괜한 말입니다. 당신도 곰곰이 잘 생각해보면,
우리를 자극하는 외부의 것들이 다 허무하다는
사실을 깨닫게 될 겁니다. 인생을 이성적으로
이해하려고 노력해야 합니다. 그 속에 진정한 기쁨이
있습니다."

"이성적인 이해……" 이반 드미트리치가 얼굴을
찡그렸다. "외부니 내부니…… 미안하지만 나는
그런 건 이해하지 못하겠소. 내가 아는 것은……."
그가 일어나서 화가 난 듯 의사를 바라보며 말했다.
"내가 아는 것은 신이 나를 따뜻한 피와 신경으로
만들었다는 거요. 그렇소! 유기적인 조직체는, 살아
있는 한 모든 자극에 반응해야 하오. 그래서 나는
반응하고 있는 겁니다! 고통에 대해 나는 비명과
눈물로 대답합니다. 비열함에 대해서는 분노로,
가증스러움에 대해서는 구역질로 대답합니다. 내가

생각하기에는, 이것이 바로 삶이라 불리는 것이오.
저급한 유기체일수록 감각이 무뎌서 자극에 약하게
반응합니다. 고등한 유기체일수록 더 예민하고
더 활발하게 현실에 반응합니다. 어떻게 이것을
모릅니까? 의사 선생, 이렇게 간단한 것도 모르시오?
고통을 무시하고 언제나 만족해 있고 어떤 일에도
놀라지 않기 위해서는 저런 상태에 도달해야
합니다." 이반 드미트리치가 기름기가 흐르는 뚱뚱한
농부를 가리켰다. "아니면 고통에 대한 모든 감각을
잃어버리도록 자신을 단련해야 하지요. 달리 말하면
사는 것을 그만두어야 하는 겁니다. 미안하지만
나는 현인도 철학자도 아니오." 이반 드미트리치가
짜증스럽게 말을 이었다. "그래서 그런 건 전혀
이해하지 못하지. 나는 이성적으로 이해할 만한
사람이 못 됩니다."
"그렇지 않습니다. 당신은 아주 훌륭하게 이성적으로
판단하고 있습니다."
"당신이 언급하는 스토아 철학자들은 뛰어난
사람들이었지만, 그들의 학설은 2천 년 전에 이미
폐기되어 조금도 앞으로 나아가지 못했고, 또
앞으로도 진전이 없을 거요. 그것은 실용적이지
못하고 전혀 생명력이 없기 때문이오. 학설이라고
하면 무조건 탐닉하고 연구하는 소수의

사람들에게서만 성공을 거뒀을 뿐, 대다수의
사람들은 그것을 이해하지도 못했소. 부와 쾌적한
생활에 대한 무관심, 고통과 죽음에 대한 무시를
가르치는 그 학설은 대부분의 사람들에게 전혀
이해되지 않소. 왜냐하면 우선, 대부분의 사람들이
부도, 쾌적한 생활도 알지 못하기 때문이오. 그리고
고통을 경멸하라는 것은 대부분의 사람들에게
삶 자체를 무시하라는 뜻이 됩니다. 사람이라는
존재 자체가 굶주림, 추위, 모욕, 상실, 죽음에 대해
햄릿처럼 공포를 느끼도록 이뤄져 있기 때문이오.
이러한 느낌 안에 생명 자체가 있습니다. 삶을
부담스러워할 수도 있고 싫어할 수도 있지만, 무시할
수는 없소. 바로 그렇기 때문에, 다시 말하지만
스토아 학설은 결코 미래를 가질 수 없소이다. 당신도
알다시피, 생명체가 나온 이래로 지금까지 투쟁,
통증에 대한 민감한 반응, 자극에 반응하는 능력 등이
진보하고 있소이다…….."

「6호 병동」

28 "자 그럼, 우리 대화를 시작해볼까요. 그런데 먼저
물어볼 게 있소. 당신이 말이오, 당신의 그 의지력과
재능 그리고 잠재력을 다른 곳에, 이를테면 훗날
위대한 학자나 예술가가 되는 데 쏟았다면 당신의

삶이 모든 면에서 넓어지고 깊어져 더 생산적이지
않았을까요?"
우리는 서로 대화를 나누는 데 열중하기 시작했다.
그러다가 육체노동에 대한 이야기가 나왔을 때
다음과 같은 내 생각을 털어놓았다. 강한 자들이
약한 사람을 노예처럼 부리지 못하게 하기 위해서도,
소수가 아예 대놓고 다수의 단물을 빨아먹는 펌프나
기생충 같은 존재가 되는 일이 없도록 만들기
위해서도, 강자든 약자든 부자든 가난한 사람이든
예외 없이 모두 동등하게 각자 자기 자신의 삶을
위한 투쟁에 참여해야 하는데, 이런 점에서 누구나
짊어져야 하는 보편적이고 필연적인 의무로서
육체노동보다 더 평등한 것은 없다.
"그럼 당신 생각으로는 누구나 단 한 명의 예외도
없이 육체노동을 해야 한다는 건가요?" 블라고보가
물었다.
"그렇습니다."
"만약 위대한 학자나 사상가와 같이 뛰어난
사람들까지 모두 먹고살기 위해서 벽돌을 깨거나
지붕을 칠하면서 시간을 낭비한다면 인류의 진보에
심각한 위험을 초래할 거란 생각은 하지 않나요?"
"무엇이 위험하다는 거죠?" 내가 물었다. "진보는
결국 사랑이 실천되고 도덕이 지켜지는 일에 있지

않나요. 누군가를 노예로 만들지 않고 아무도
억압하지 않는다면 그 이상 어떤 진보가 더
필요하겠습니까?"

"아니 무슨 말이 그렇습니까!" 갑자기 블라고보가
화를 내며 발끈 일어섰다. "그게 무슨 말이냐고요!
만약 달팽이가 자신의 껍데기 안에서 자기 계발에
몰두하고 도덕률을 끼적거린다면 그것도 진보라고 할
수 있다는 말입니까?"

"끼적거린다니요?" 나는 무척 불쾌했다. "당신이
주위 사람들에게 당신을 먹이고 입히고 모시고
다니고 보호하도록 강요하지 않는다면, 그것 자체가
노예적인 틀로 지탱되는 현실에서 보면 진일보한 것
아닌가요? 내가 보기에는 그것이 진정한 의미에서의
진보이고, 아마도 인류에게 필요한 유일한 진보일
것입니다."

"인류의 보편적이고 세계적인 진보에는 한계가 없는
겁니다. 우리의 필요나 일시적인 견해로 한정 짓는
소위 '가능한' 진보라는 것은, 미안하지만, 이상하지
않나요."

"당신이 말하는 것처럼 진보가 무한한 것이라면
진보의 목적 또한 불명확할 거요." 내가 말했다. "왜
사는지도 모르면서 산다는 게 말이 됩니까!"

"하 참! 이 '모른다'는 게 당신이 말하는 '알아야

한다'는 것보다 더 낫습니다. 나는 진보, 문명,
문화라고 불리는 계단을 따라 걸으며, 어디로 가는지
몰라도 걷고 또 걷고 중단 없이 걷지만, 정말이지
이 멋진 계단을 걷는다는 사실만으로도 충분히 살
가치가 있습니다. 아, 그러나 당신은 무엇 때문에
사는지 안다는 거지요. 누가 누구를 노예처럼 부리지
않게 하기 위해서, 화가와 물감을 갈아주는 사람이
똑같이 먹고살게 하기 위해서, 그것만을 위해서
산다는 거죠. 그런데 그것은 소시민적이고 단지
먹고사는 데 급급한 저속한 인생의 단면이지 않나요?
그러려고만 산다는 건 역겹지 않을까요? 어떤 벌레가
다른 벌레를 노예처럼 다룬다면, 배라먹을, 서로
잡아먹으라고 놔둬요! 그런 벌레들까지 우리가 뭐
하러 고민하느냐고요. 그런 노예상태에서 구해준다고
해도 그 벌레들은 어차피 죽어서 썩을 텐데. 우리가
생각해야 할 것은 먼 미래에 인류를 기다리는 위대한
'엑스'란 말이오."

「나의 삶」

29 우리의 논쟁은 점진주의에 대한 이야기로 넘어갔다.
나는 선을 행할지 악을 행할지에 대한 문제는 스스로
당장 결정할 일이지 인류의 점진적인 발전을 통해
나중에 해결될 거라며 기다릴 일이 아니라고 말했다.

게다가 점진주의라는 것은 양날의 검과 같다고 이어
말했다. 인본주의 사상이 점진적으로 발전하는
과정에서 다른 기류의 사상도 점진적으로 성장했던
것을 우리는 알 수 있다. 농노제는 사라졌지만
자본주의가 부상했다. 해방을 열망하는 사상이
정점에 도달했을 때에도, 예를 들어 몽골이 지배하던
바투 시대 때 그랬듯이, 여전히 다수가 소수를 먹이고
입히고 보호했다. 정작 다수는 헐벗고 굶주리고
무방비 상태에 처하면서 말이다. 그러한 원리는
어떠한 사조나 경향에서도 활발히 나타나며, 인간
속박의 기술도 점진적으로 교묘하게 발전한다.
우리는 이제 하인들을 마구간에 재우진 않지만,
노예제도를 더 세련되게 만들고 있다. 그렇게 어떤
경우에도 변명할 거리를 만들어 합리화하고 있다.
우리 시대에 이념은 이념일 뿐, 19세기 말인 지금도,
우리 사회의 가장 불쾌하고 더러운 생리적 배설물은
일꾼에게 떠넘겨진다. 그래 놓고는 말하기를, 위대한
학자나 사상가와 같은 뛰어난 사람들이 그런 더러운
일에 황금과 같은 시간을 낭비하면 진보에 심각한
위험을 초래할 거라고 정당성을 부여하고들 있다.
그때 내 누이가 도착했다. 누이는 블라고보를 보고는
당황해서 아버지가 계셔서 바로 집으로 돌아가야
한다고 말했다.

"클레오파트라 알렉세예브나," 블라고보가 두 손을
가슴에 모으고 간절하게 말했다. "여기에서 저와
당신의 동생과 함께 30분 정도 같이 있다고 해서
아버님께 무슨 일이 일어나겠습니까?"
그는 순수하고 진실해서 그의 생생한 기운이
주위 사람들에게 넘쳐흘렀다. 나의 누이는 잠시
생각하더니 곧 활짝 웃으며 옛날에 소풍을 갔을
때처럼 밝아졌다. 우리는 들판으로 나가 풀밭 위에
앉아 마을을 바라보며 이야기를 계속했다. 서쪽으로
난 마을의 창문들이 지는 햇살을 받아 금색으로
빛나고 있었다.
그 후 누이가 올 때마다 매번 블라고보도 왔다.
두 사람은 내 집에서 우연히 만난 것처럼 인사를
나누었고, 나와 블라고보의 논쟁을 듣는 누이의
표정은 기쁨에 들뜨고 호기심이 가득했다. 누이의
눈이 이전에는 꿈에서조차 보지 못했던 다른 세상을
향해 조금씩 열리고 있었다. 이제 누이는 어떻게든
새로운 세상을 상상해보려고 애쓰고 있었다. 의사가
오지 않으면 누이는 말없이 쓸쓸한 모습이었고,
이따금 내 침대에 앉아 이유는 말하지 않고 눈물을
흘렸다.

「나의 삶」

30 그녀는 장갑을 벗고 방금 우체국에서 가져온 신문을
펼쳤다. 잠시 후 그녀는 조용히 말했다. 자제하는
것이 분명해 보였다.

"지난주에 안나가 아기를 낳다가 죽었는데 가까운
곳에 보건소라도 있었다면 죽진 않았을 거예요.
아무리 풍경화가라고 하셔도 이런 문제에는 최소한
의견이라도 있어야 하지 않을까요."

"그런 것에 관해서라면 저는 매우 확고한 신념을
가지고 있습니다." 내가 대답을 했지만 그녀는 듣고
싶지 않다는 듯이 신문을 들어 올렸다. "제가 보기에
보건소라든가 학교라든가 도서관이라든가 구급
기관이라든가 하는 것은 지금의 사회 조건에서는
사람을 노예화할 뿐입니다. 사람들이 거대한 쇠사슬에
묶여 있는데, 당신은 그 쇠사슬을 끊기는커녕 새로운
쇠사슬로 더 묶으려고 애쓰는 걸로 보입니다. 이것이
당신 생각에 대한 제 의견입니다."

그녀가 눈을 치떠 나를 흘긋 보고는 빈정거리는
미소를 지었지만, 나는 내 생각의 핵심을 전달하려고
계속 말했다.

"중요한 것은 안나가 출산하다가 죽었다는 점이
아니란 말입니다. 안나와 같은 사람들, 그리고
마브라와 펠라게야 같은 사람들이 아침 일찍부터
밤늦게까지 허리 한번 제대로 펴지 못하고 고된 일만

하다가 병들고, 굶주리고 아픈 아이들을 돌보느라
한평생을 떨다가 평생 죽음과 질병을 걱정하며 약
신세를 지고, 너무도 일찍 시들고 늙어 오물과 악취
속에서 죽어간다는 사실, 그것이 중요한 것 아닐까요.
그들의 아이들도 자라면 똑같은 음악을 되풀이하죠.
아무리 시간이 지나 수백 년이 흘러도 수십억 명의
사람들이 빵 한 조각을 위해 끊임없이 공포를 느끼면서
짐승보다 더 비참한 생활을 하고 있지 않을까요. 이런
상태에서 공포가 생기는 것은 전부, 그들이 영혼에
대해 생각할 틈이 없고 자기 모습, 그 꼴을 돌아볼
여유가 없기 때문이지요. 배고픔, 추위, 동물적인 공포,
엄청난 노동량이 눈사태처럼 쌓여 그들이 영적인
존재가 되는 길을 차단해버렸습니다. 인간을 짐승과
구별해주고 살아가게 해주는 유일한 가치인 영적인
존재라는 점 말입니다. 당신들은 보건소니 학교니
하면서 그들을 돕겠다고 접근하는데 그런다고 그들을
사슬에서 해방시켜주지는 못합니다. 오히려 반대로
더 노예화하게 되죠. 왜 그런지 아십니까? 왜냐하면
그들의 인생에 새로운 편견을 심어줘 그들의 요구
사항을 늘려놓는 꼴이 될 테니까요. 게다가 약값과
종잇값을 젬스트보에 납부해야 하니까 더 허리 펼
시간 없이 일을 해야 한다는 점은 말해주지 않으면서
말이죠."

"당신하고 논쟁할 생각은 없어요." 리다가 신문을
내려놓으면서 말했다. "그런 소리는 이미 들어왔어요.
다만 한 가지만 말씀드리죠. 그렇다고 팔짱을 끼고
가만히 앉아 있을 수는 없지 않나요. 우리가 인류를
구원할 수 있는 것도 아니고 많은 점에서 실수를 할
수도 있겠지만 그래도 우리는 우리가 할 수 있는 일을
하고 있으니까 옳은 거예요. 깨어 있는 사람이라면
이웃을 돌봐야 하죠. 그게 교양인의 가장 고귀하고
신성한 임무 아닌가요. 우리는 우리가 할 수 있는
최선을 다하는 거예요. 당신 마음에 들지 않는다고
그랬죠, 그래요, 모든 사람을 다 만족시킬 순 없겠죠."
"옳은 말이다, 리다, 옳아." 어머니가 말했다.
리다 앞에서 리다의 어머니는 항상 소심했고, 말을
할 때면 불필요하고 부적절한 소리를 할까 봐
불안해하는 표정으로 딸의 눈치를 살폈다. 그녀는
리다에게 반대한 적이 없으며 어떤 경우에도 이렇게
말했다. 옳은 말이다, 리다, 옳아.
"농부한테 글을 가르쳐주더라도, 하찮은 훈계와
교훈을 실은 책자를 뿌리더라도, 보건소를 짓더라도
무지와 사망률을 줄이진 못할 겁니다. 당신 집
창문에서 새어 나오는 불빛이 드넓은 벌판을 밝히지
못하듯 말입니다." 내가 말했다. "당신은 아무것도 줄
수 없어요. 당신의 방식으로 이 사람들 삶에 간섭하는

것은 새로운 욕구를 불러일으키면서 더 많은 노동을
해야 할 이유를 만들어줄 뿐이죠."
"어머, 무슨 말씀이 그래요, 손 놓고 아무 일도 하지
말라는 건가요!" 리다가 내 논리를 무시하며 경멸하는
말투로 화를 냈다.
"사람들을 무거운 육체노동에서 해방시킬 필요가
있습니다." 내가 말했다. "그들의 짐을 덜어주고 숨
돌릴 여유를 줘서, 평생을 아궁이와 여물통 옆에서,
그리고 밭에서 보내지 않고 영혼과 절대자를 생각할
시간을 가져서 영적인 능력을 온전히 나타낼 수
있도록 해야 합니다. 영적인 활동을 하는 모든 인간의
소명은 삶의 진리와 의미를 끊임없이 탐구하는 데
있죠. 그들에게 짐승과 같은 거친 노동에서 벗어나
자유를 느끼게 해주면, 도와준답시고 이런 책자나
뿌리고 보건소 같은 것을 지어준 일이 본질적으로
얼마나 조롱거리였는지 알게 될 겁니다. 일단 사람이
자신의 진정한 소명을 인식하게 되면 이러한 사소한
기부가 아닌 종교, 과학, 예술만으로 만족할 수
있지요."
"노동에서 해방!" 리다가 히죽 웃었다. "그게
가능한가요?"
"그럼요. 노동을 분담하면 됩니다. 도시에 사는
사람이나 농촌에 사는 사람이나 모두 예외 없이

인류가 일반적으로 육체적 욕구를 충족시키기 위해
필요한 노동을 나누는 데 동의한다면 우리는 누구나
하루에 두세 시간 이상은 일하지 않아도 될 겁니다.
부자든 가난한 사람이든 모두 하루에 세 시간만
일하고 나머지 시간은 자유라고 상상해보시죠.
우리가 육체에 의존하는 일을 줄이기 위해 노동을
대체할 기계를 발명하고, 욕구를 최소한으로
줄이려고 노력한다고 상상해보세요. 우리는 굶주림과
추위를 두려워하지 않도록 우리 자신과 아이들을
단련할 것이고 안나와 마브라와 펠라게야처럼
아이들의 건강이 걱정돼서 떨지 않을 겁니다. 담배
공장과 양조장 같은 것을 만들지 않으면 얼마나 많은
자유 시간이 생길지 상상해보세요. 전부 한마음으로
이 여유를 과학과 예술에 바치는 겁니다. 때때로
농부들이 평화롭게 서로 협력해서 길을 닦듯이
우리도 한마음으로 서로 도와 삶의 진리와 의미를
찾아 나설 겁니다. 그렇게 한다면, 나는 확신합니다,
진리는 곧 밝혀질 것이고, 인류는 죽음에 대한
끊임없는 공포, 아니 죽음 자체에서 벗어날 수 있을
겁니다."
"잠깐만요, 당신은 스스로 모순을 범하고
계시는군요." 리다가 말했다. "당신은 과학,
과학이라고 말씀하시면서 읽고 쓰는 능력은

부정하시잖아요."

"술집 간판 정도나 읽을 수 있는 능력 말인가요?
책자는 이해하지도 못하는 능력 말인가요? 그
정도의 능력은 류리크[※] 시대에도 있었죠. 고골의
페트루시카^{※※}도 이미 글은 읽을 줄 알았어요. 농촌은
지금도 류리크 시대와 별반 다르지 않지요. 필요한
것은 겨우 글을 읽는 능력이 아니라 영적인 잠재력을
널리 발휘할 수 있는 자유입니다. 초등교육 기관이
아니라 대학이 필요한 거죠."

"당신은 의학도 부정하시는군요."

"네. 의학은 질병을 치료하기 위해 필요한 게 아니라
질병을 자연의 현상으로 연구하기 위해 필요합니다.
치료하려면 질병이 아니라 질병의 원인을 치료해야
합니다. 가장 큰 원인인 육체노동을 없애면 병도
없어질 겁니다. 저는 질병을 고치기 위한 과학은
인정하지 않습니다." 나는 흥분해서 계속했다.

"과학과 예술은, 그것이 진짜라면, 일시적이고
사적인 목적이 아니라 영원하고 보편적인 목적을
추구하지요. 삶의 진리와 의미를 추구하고 절대자와
영혼을 찾습니다. 그런데 과학과 예술을 보건소니

※   9세기에 러시아를 세운 최초의 대공(?~879).

※※ 고골의 소설 『죽은 혼』 속 주인공 파벨 치치코프의 하인.

도서관이니 하면서 눈앞에 보이는 이해와 증오심에
묶어놓으면 삶을 더 복잡하고 어수선하게 만들
뿐입니다. 우리나라엔 의사나 약제사나 변호사,
글을 읽을 줄 아는 사람은 많아졌지만 생물학자,
수학자, 철학자, 시인은 전혀 없지 않나요. 모든 지성,
모든 영적인 에너지가 일시적이고 순간적인 필요를
충족시키는 데 소비되고 마는 거죠. 학자, 작가,
예술가가 많은 일을 하고 그들 덕택에 매일매일의
삶의 편의는 늘어가며 육체의 욕구는 증대되는데도
진리는 여전히 멀리 있고, 인간은 아직도 가장
잔인하고 추잡한 동물의 영역에서 벗어나지 못한
채 생존 능력을 잃고 퇴화해가고 있습니다. 이런
상황에서 예술 하는 삶은 의미가 없습니다. 재능이
있을수록 점점 더 예술가의 역할은 기묘하고 이해할
수 없게 되어가죠. 기존 질서를 지지하며 잔인하고
추잡한 동물의 오락거리를 위해 활동하고 있다는
것이 드러나니까요. 그러므로 나는 일을 하고 싶지
않고 앞으로도 하지 않을 겁니다……. 아무것도 필요
없어요. 지상이 야만스러워져도 내버려두라고요!"

「다락방이 있는 집: 어느 화가의 이야기」

31 언젠가 사순절 기간에 클럽에서 카드놀이를 하고
    한밤중에 집으로 돌아오는 길이었다. 비가 왔고,

어둡고, 길도 질척질척했다. 니키친은 불쾌한 감정을
느꼈다. 그러나 그 까닭은 알 수가 없었다. 클럽에서
20루블을 잃었기 때문인지, 아니면 같이 카드를
쳤던 사람들 중 한 명이 돈을 계산할 때 니키친의
돈은 닭도 쪼아 먹지 않을 거라며 은근히 그가 받은
많은 지참금을 들먹였기 때문인지 알 수가 없었다.
20루블이 아까운 것도 아니었고 상대방의 말이
모욕적인 뜻을 지닌 것도 아니었는데, 그래도 어쨌든
불쾌한 감정이었다. 심지어 집으로 돌아가기도
싫었다.

"푸, 정말 기분 나쁘군!" 가로등 근처에 멈춰 서서
그가 중얼거렸다.

20루블이 거저 들어왔던 돈이기 때문에 아까울 건
없다는 생각이 들었다. 만일 그가 노동자였다면
동전 한 푼의 가치도 알았을 것이고, 그래서 돈을
따거나 잃는 일에 그렇게 냉담할 수는 없었을
것이다. 그렇다, 모든 행복이 손쉽게 거저 들어온
것이고, 건강한 사람을 위한 보조 식품처럼 그에게
본질적으로 호사스러운 것이라고 그는 판단했다.
만일 그가 대부분의 사람들처럼 빵 한 조각에 대한
근심에 시달리고 생존을 위해 싸웠다면, 만일 그가
노동 때문에 온몸이 저리고 아팠다면, 따뜻한 저녁
식사와 안락한 집과 가정의 행복이 그에게 보상이고

자랑이 되었을 것이다. 그러나 그에게는 이 모든 것이
기이하고 막연한 의미만을 지니고 있을 뿐이었다.
"푸, 정말 기분 나쁘군!" 이런 판단 자체가 이미 나쁜
징조라는 사실을 분명히 이해하면서 그가 반복해
중얼거렸다.

「문학 교사」

32　지배인이 내게 말했다. "당신을 봐주는 건 순전히
당신 아버지에 대한 존경심 때문이지. 안 그랬다면
진작 당신을 날려버렸을 거야." 내가 대답했다. "제가
날 수 있다고 생각하시다니 과찬이십니다." 조금 뒤
그가 하는 소리가 들려왔다. "저자를 내보내, 신경에
거슬려서 원." 이틀 뒤 나는 해고당했다.

「나의 삶」

33　거의 매일 고용인에게 느물느물 간신처럼 처신하는
그들을 볼 때면 나는 셰익스피어의 폴로니어스가
떠올랐다.
　고용인이 하늘을 쳐다보며 "아, 그런데 내일은
비가 올 것 같은데"라고 말하면 그들은 "맞습니다,
틀림없이 비가 올 날씹니다" 하고 맞장구를 쳤다.
그러다가 고용인이 "그런데 비구름 같지는 않아 보여.
비가 오지 않을 거야" 하면 잽싸게 "그럼요, 나리,

확실히 비가 오지 않을 겁니다"라고 했다.

그러나 고용인 뒤에서는 비비 틀며 헐뜯었다. 그들을
고용한 땅 주인이 발코니에 앉아 신문을 읽고 있는
모습을 멀리서 보면 비꼬아 말했다. "신문을 읽다니,
할 일이 없나 봐."

「나의 삶」

34 **이리나** 다른 직장을 구해야겠어. 전신국 일은 내게
맞지 않아. 내가 그토록 바라고 꿈꾸던 것이 하나도
없다니까. 시도 사상도 없는 노동일 뿐이야…….

『세 자매』

35 이제 누이는 기력이 없어서 조용히 한 페이지 정도
읽고는 더 읽지 못했다. 레지카가 누이의 손을 잡고
마른 입술을 움직이며 간신히 들리는 쉰 목소리로
이야기했다.

"의인의 영혼은 백묵처럼 희고 곱지만, 죄인의 영혼은
경석輕石 같아요. 의인의 영혼은 빛나는 니스 같고,
죄인의 영혼은 검은 타르 같죠. 인간은 수고하고
애통해하기도 하고 병들기도 하지요. 수고하고
애통해하지 않는 자는 천국에 갈 수 없거든요. 화
있으리니, 배부른 자에게 화 있으리니, 힘 있는
자에게 화 있으리니, 부유한 자에게 화 있으리니,

고리대금업자에게 화 있으리니, 그들은 천국을
보지 못할 것이다. 진딧물은 풀을 먹고, 녹은 철을
녹이고……."
"거짓은 영혼을 갉아먹지." 누이가 웃으면서 이어
말했다.

「나의 삶」

36　악을 이해하지 못할수록 악에 맞서 싸우는 일이 더
거칠고 잔인해지는 것이 이 땅의 법칙인가 보다.
검사는 추방된 두세 명의 사람들과 그들의 최근
삶을 떠올리며, 처벌은 범죄 자체보다 훨씬 더 큰
악을 초래하는 경우가 많다는 생각을 하지 않을 수
없었다. 살아 있는 유기체는 자신이 처한 환경에서
어떻게 살아가야 할지 빠르게 냄새를 맡아 적응하고
익숙해지는 능력을 지니고 있어서, 인간은 매 순간
자신의 이성적인 활동의 이면에 얼마나 불합리한
점이 많은지에 대해 둔감해지고, 교육, 법률, 문학과
같은 책임 있고 신중한 활동 영역에서조차 신뢰할
수 있는 진실이 얼마나 적은지에 대해서도 둔감해질
수밖에 없다.

「가정에서」

37　병원을 둘러보고 나서 안드레이 에피미치는 이

시설이 부도덕하고 그 안에 사는 사람들의 건강에
무척이나 해롭다는 결론에 도달했다. 그래서
환자들을 내보내고 병원 문을 닫는 것이 가장 현명한
조치이지 않을까 하는 생각이 들었다. 그러다가
그렇게 하는 것이 혼자 힘으로 하기에는 힘들고, 또
그런 조치가 반드시 유익한 것만은 아니라는 판단을
내렸다. 육체적 혹은 정신적인 오물을 어느 한곳에서
치운다고 하더라도 그것은 다른 곳으로 옮아갈
뿐이다. 차라리 저절로 풍화되기를 기다리는 게
낫다. 게다가 이 지역 사람들이 병원을 열고 그것을
용인했다면 병원이 그들에게 필요함을 의미한다.
모든 편견과 세속적인 오물과 가증스러운 것도
필요하다. 두엄이 흑토로 변하는 것처럼 그것들도
시간이 흐르면 쓸모 있는 무엇인가로 바뀔 것이기
때문이다. 이 지상에는 처음부터 더럽지 않았던
훌륭한 것이란 하나도 없다.

「6호 병동」

38 당신들이 무식하게 미치광이와 건강한 사람을
구별하지 못해서 수십, 수백 명의 광인들이 자기
맘대로 거리를 나돌지 않소. 도대체 왜 나와 여기
이 불쌍한 사람들만이 속죄양처럼 모든 사람을
대신해서 이곳에 갇혀 있어야 하는 거요? 당신, 보조

의사, 사무장, 그리고 당신 병원의 모든 쓰레기 같은
인간들이 도덕적인 태도에 있어서 여기에 있는
우리보다 훨씬 더 나쁜데, 도대체 왜 우리는 이곳에
갇혀 있고 당신들은 그렇지 않은 거요? 무슨 논리가
그렇소?

「6호 병동」

39 감옥과 정신병원이 있는 한, 누군가 거기에 갇혀
있어야 합니다.

「6호 병동」

40 어느 가을 아침, 외투 깃을 세우고 이반
드미트리치가 건물 뒤쪽으로 난 질퍽질퍽한
골목길을 따라 걷고 있었다. 어떤 상인에게 법원의
명령서를 보이고 벌금을 받기 위해 가는 중이었다.
아침이면 늘 그렇듯이 그의 기분은 어두웠다. 한
골목에서, 그는 족쇄를 찬 두 명의 죄수와 소총을
들고 그들을 호송하는 네 명의 군인을 맞닥뜨렸다.
이전에도 이반 드미트리치는 자주 죄수들과
마주쳤는데, 그럴 때마다 동정심과 함께 불쾌한
감정이 들었다. 그런데 이번의 마주침은 그에게
이전과는 다른 기이한 인상을 불러일으켰다. 무슨
이유에서인지 갑자기, 그 자신도 족쇄를 차고 그들과

같은 모습으로 진흙 길을 걸어 감옥으로 끌려갈지
모른다는 생각이 든 것이다. 상인의 집을 방문하고
집으로 돌아오다가 그는 우체국 근방에서 안면이
있는 경찰서장을 만났다. 경찰서장은 그에게 아는
척을 했고, 그들은 함께 거리를 몇 발짝 걸었는데, 이
일이 그에게 왠지 꺼림칙했다. 집에 돌아온 뒤 그날
온종일 그의 머리에서 죄수들과 총을 든 군인들이
떠나지 않았고, 까닭 없이 마음이 불안해서 책도
읽을 수 없었으며, 정신도 집중할 수 없었다. 저녁에
그는 집에 불도 켜지 않고 잠도 자지 않으면서,
자신이 체포되어 족쇄를 차고 감옥에 끌려갈지도
모른다는 생각만 했다. 그는 지금까지 사소한 죄도
짓지 않았고, 또 앞으로도 살인이나 방화나 도둑질
같은 짓을 당연히 하지 않을 것이었지만, 어쩌다
뜻하지 않게 범죄에 휘말리지 말라는 법은 없으며,
무고한 중상을 당하거나 잘못된 재판을 경험하지
말라는 법도 없었다. 오죽하면 옛날부터 비렁뱅이와
감옥살이는 장담하지 말라는 말이 전해오겠는가.
더군다나 현재의 소송절차에서는 재판의 오류가
얼마든지 가능했고 또 놀랄 일도 아니었다. 다른
사람들의 고통을 다루는 업무에 종사하는 사람들,
이를테면 판사, 경찰관, 의사와 같은 사람들은
시간이 흐를수록 습관이 되어 무뎌져서, 그렇게 하지

않으려 해도 점차 자신의 의뢰인들을 형식적으로
대하게 된다. 이런 점에서 보면, 그들은 뒷마당에서
양이나 송아지를 잡을 때 튀는 피에 무감각한
잡부들하고 다르지 않다. 개인에 대한 비정하고
형식적인 태도 때문에, 죄 없는 사람에게서 모든
권리를 빼앗고 징역형을 선고하는 데 판사에게
필요한 것은 오직 하나, 시간뿐이다. 대수롭지 않은
형식주의의 준수를 위해 보내는 시간으로 판사는
봉급을 받고, 그러고 나면 모든 일은 끝나는 것이다.
그 이후에 철도에서 200베르스타나 떨어진 이
작고 초라한 도시에서 정의를 찾고 보호하겠다고
한들 무슨 소용이 있겠는가! 온갖 폭력이 사회의
합리적이고 정당한 필연으로 받아들여지고,
무죄판결과 같이 자비로운 처분이 불만과 복수의
감정을 일으키는 속에서 정의에 대해 생각하는 것은
우습지 않은가.

「6호 병동」

41 차가운 오만과 냉정함이 훌륭한 교육과 명문가
기질의 전형적인 표시로 받아들여지는 사회에서는
열정을 숨겨야 한다.

「연극이 끝난 후」

42   응접실은 화려하고 고급스럽게 장식되어 있었다.
테이블 위에는 니스와 라인강 풍경을 조각한 검푸른
청동 접시, 골동품 촛대, 일본 조각상 들이 놓여
있었다. 그런데 유행과 호화로움을 과시하는 이러한
장식품들이 천박한 느낌을 주었다. 금박을 입힌
문짝, 총천연색 벽지, 밝은 벨벳 식탁보, 두꺼운 액자
속 서투른 유화도 저속하기 그지없었다. 응접실이
가득 차도록 뭔가를 잔뜩 들여다 놓았는데 서로 전혀
어울리지 않았다. 게다가 그중 많은 것은 빼내버려야
할 것 같았다. 균형을 맞춰 응접실을 꾸민 게 아니라
그때그때 수익성을 따져 물건을 사들였다는 것을 알
수 있었다.
중위는 고가의 장식품들에는 아무런 조예도
없었지만, 화려함과 사치스러움으로 숨기지 못한
한 가지 중요한 특징을 응접실의 치장에서 느낄 수
있었다. 그것은 바로, 방을 장식한 물건들에 정서적인
따뜻함과 아늑함이 스며들게 하는 집 안주인의
손길이 없다는 것이었다. 그곳에는 마치 기차역의
대합실 또는 클럽이나 극장의 복도처럼 차가운
기운이 돌았다.

「수령」

43   **메드베젠코**   왜 항상 검은 옷을 입고 다니나요?

마샤 내 인생의 상복이에요. 불행하니까.

메드베젠코 불행하다고요? (생각에 잠겨) 이해할 수
없군요……. 당신은 건강하고, 당신의 아버지는
부자는 아니어도 여유가 있잖아요. 당신에
비하면 나는 정말 어렵게 살고 있습니다. 한 달에
받는 봉급이라야 기껏 23루블인데, 거기서 퇴직
적립금까지 떼죠. 그래도 상복은 입지 않습니다.

마샤 문제는 돈에 있지 않아요. 가난한 사람도 행복할
수 있으니까.

메드베젠코 그건 이론에서나 그렇지, 현실에선 그렇지
않습니다.

『갈매기』

44 **옐레나 안드레예브나** 이반 페트로비치, 당신은 아는 것도
많고 똑똑하니까, 세상은 강도나 재난 때문이 아니라
증오, 적의, 사소한 다툼들 때문에 파괴된다는 걸
어쩌면 잘 알고 계실 거예요…….

『바냐 아저씨』

45 **보이니츠키** 잠깐……. 내가 잘못 들은 거 같은데, 다시
한번 말해주겠소.

세례브랴코프 돈을 유가증권에 투자하고, 남는
돈으로는 핀란드에 별장을 살 수 있을 거야.

보이니츠키 핀란드가 아니라…… 다른 말 말이오.

세례브랴코프 영지를 팔자고 했어.

보이니츠키 바로 그거. 영지를 팔겠다고, 멋져, 대단한 생각이야……. 그럼 나와 늙은 어머니, 그리고 여기 소냐는 어디로 꺼지라는 거지?

세례브랴코프 차차 생각해보자고, 서두르지 말고.

보이니츠키 잠깐, 지금까지 나에게는 전혀 상식이 없었나 봐. 지금까지 나는 어리석게도 이 영지가 소냐의 것이라고 생각했어. 돌아가신 내 아버지는 이 영지를 내 누이의 지참금으로 사셨지. 지금까지 나는 순진하게도 튀르키예식[*]으로 법을 생각하지 않아 이 영지가 누이에게서 소냐에게로 상속되는 줄로만 알았어.

세례브랴코프 그야 영지는 소냐의 것이지. 누가 뭐라 하겠어? 소냐가 동의하지 않으면 영지를 감히 팔 수 없어. 그렇지만 나는 소냐에게 좋으라고 이렇게 제안하는 거야.

보이니츠키 이해할 수 없군, 이해할 수 없어! 아니면 내가 미친 건가, 그것도 아니면…….

---

[*] 러시아는 9세기에 비잔틴의 콘스탄티노플에서 정교를 받아들여 국교로 삼았다. 15세기 비잔틴의 콘스탄티노플은 이슬람에 점령당해 튀르키예의 이스탄불이 되었다. 여기서 튀르키예식은 침략자의 방식이라는 뜻이다.

마리야 바실예브나 쟌, 알렉산드르의 말에 반박하지 마라.
믿어야지. 무엇이 좋고 나쁜지 우리보다 더 잘 알고
있잖니.

보이니츠키 아뇨, 물 좀 줘. (물을 마신다) 하고 싶은 말을
하시오, 하고 싶은 말을!

세레브라코프 자네가 흥분하는 이유를 알 수가 없군.
나는 내 계획이 최상이라고는 말하지 않았어. 만일
모든 사람이 이 계획에 반대하면 나는 고집부릴
생각이 없어.

『바냐 아저씨』

46 **안드레이** 모스크바에서 레스토랑의 큰 홀에 앉아
있으면 아무도 알지 못하거니와 누구도 알아보는
사람이 없어서 전혀 어색하지 않지. 그런데
여기에서는 모두가 다 서로 알고 지내지만, 낯설고
어색해……. 그저 타인뿐이니, 외로워.

『세 자매』

47 **안드레이** 돌아가신 아버지의 교육열은
대단하셨습니다. 아버지가 돌아가신 후 제 몸이 그
압박감에서 벗어나기라도 한 듯 살이 찌더니 1년 만에
이렇게 뚱뚱해져버리지 뭡니까. 창피하고 바보 같은
소리인 줄 알지만 솔직히 말하면 그렇습니다. 아버지

덕분에 저와 제 누이들은 불어, 독어, 영어를 구사할
줄 알고 이리나는 이탈리아어까지 알고 있지요.
그러니 얼마나 힘들었겠어요.

마샤 이런 도시에서 세 개의 언어를 아는 것은 필요
없는 사치예요. 아니, 사치라기보다 전혀 쓸모없는
여섯 번째 손가락 같은 거죠. 우리는 쓸데없는 걸
너무 많이 알고 있어.

베르시닌 무슨 말씀이십니까! (웃는다) 쓸데없는 걸
너무 많이 알고 있다니요! 제 생각엔, 교육받은
똑똑한 사람을 필요로 하지 않는 그런 따분하고
우울한 도시는 있지도 않고 있을 수도 없다고 봅니다.
거칠고 뒤떨어진 이 도시의 주민들 10만 명 가운데
당신들 같은 분이 세 명 있다고 가정해봅시다. 아,
물론, 그런다고 여러분이 여러분 주위의 몽매한
대중을 물리칠 순 없겠죠. 살다 보면 여러분도 조금씩
10만 명의 군중에 물들어 자기 모습을 잃어버릴 수도
있을 겁니다. 현실에 짓눌려서 말입니다. 그러나
그렇다고 해서 여러분이 사라지는 건 아닙니다.
아무런 영향이 없다고 말할 수는 없습니다. 당신들
다음에 당신들 같은 사람이 여섯 명, 열두 명, 점차
이렇게 더 나타나서, 마침내 여러분 같은 사람이
다수가 되지 않는다고 말할 수는 없을 겁니다. 이삼 백
년 후 이 지상의 삶은 상상할 수 없을 만큼 아름답고

멋질 겁니다. 사람에겐 그런 삶이 필요하지요. 지금은
그렇지 못하더라도 그런 삶을 예감하고, 기대하고,
꿈꾸고, 준비해야 합니다. 그러기 위해서 사람은
할아버지, 아버지가 보고 알았던 것보다 더 많이 보고
알아야만 하지요. (웃는다) 그런데 쓸데없는 걸 너무
많이 알고 있다고 불평하시다니요.

『세 자매』

48 베르시닌 민간인이나 군인이나 적어도 이 도시에서는
다 똑같이 재미없기는 마찬가지라고 생각합니다.
마찬가지죠! 민간인이든 군인이든 이 지역의
인텔리라고 하는 사람들이 하는 말을 들어보면, 아내
때문에 고달프고, 집 때문에 고달프고, 영지 때문에
고달프고, 말馬들 때문에 고달프고……. 러시아
사람들은 특별히 고상한 사색을 하는 경향이 있다고
알려져 있는데, 도대체 왜, 현실에서는 그렇게 저급한
일에 매달릴까요? 왜?

『세 자매』

49 이리나 조금 전에 어떤 여자가 와서, 오늘 아들이
죽었다고 사라토프에 사는 자기 오빠에게
전보를 치겠다는 거야. 그런데 주소를 기억하지
못하겠다고 하지 않겠어. 그래서 주소도 없이 그냥

사라토프라고만 해서 보냈지. 그러니까 여자가 우는
거야. 그런데 나는 '지금 바빠요' 하고 아무런 이유도
없이 사납게 굴었어. 바보 같은 짓을 했나 봐.

『세 자매』

50 **베르시닌** 어쩔 수 없군! 차를 내주지 않으니, 우리
철학이나 논해봅시다.

투젠바흐 그럴까요. 무슨 문제가 좋겠습니까?

베르시닌 무슨 문제가 좋을까…… 꿈을 꿔보는 건
어떨까요, 이를테면 우리가 죽고 200년이나 300년
뒤에 사람들은 어떻게 살게 될지…….

투젠바흐 무슨 일이 벌어질까요? 우리가 죽은 뒤
사람들은 기구를 타고 날아다닐 겁니다. 양복의
모양도 달라지겠죠. 어쩌면 오감五感을 넘어서는
여섯 번째 감각이라는 것을 발달시킬지도 모르죠.
그렇지만 인생은 다를 바 없을 겁니다. 고단하고, 알
수 없는 일들이 가득하고, 행복할 때도 있는 인생.
천 년이 지난 후라도 사람들은 여전히 '아, 인생은
고달파' 하며 한숨을 내쉴 겁니다. 그러면서 지금과
마찬가지로 죽음을 두려워하고 죽지 않으려고
하겠죠.

베르시닌 (잠시 생각한 뒤) 어떻게 말할 수 있을까요…….
지상의 모든 것은 점차 변해야 한다고 봅니다. 실제로

바뀌고 있는 모습을 우리가 보고 있지 않나요. 200년,
300년, 아니 천 년 뒤, 그 기간은 문제가 아니고요,
새롭고 행복한 인생이 다가올 겁니다. 물론 우리가
그런 인생을 살 수는 없겠죠. 그러나 그런 인생을
위해 지금 일하며 살고, 아, 또, 고생도 하지요. 그렇게
인생을 창조해가고 있는 겁니다. 그게 우리가 사는
목적이고, 우리의 행복도 거기에 있겠죠.

『세 자매』

51 **베르시닌** 불이 나자 얼른 집으로 달려갔습니다. 가서
보니 우리 집은 피해 없이 무사하더군요. 위험한
지역도 아니었고요. 그런데 두 딸은 속옷 바람으로
문간에 나와 있고 애들 엄마는 보이지 않았습니다.
사람들이 우왕좌왕하고 말들도 개들도 이리저리
뛰어다니는데, 딸애들은 불안인지 공포인지 애원인지
뭔지 알 수 없는 표정을 짓고 서 있었습니다. 아이들
얼굴을 보자니 누가 내 심장을 쥐어짜는 것만
같았어요. 아아, 이 아이들이 앞으로 긴 세월 동안
얼마나 더 시련을 견뎌내야 할까! 이런 생각이 드는
겁니다. 아이들 손을 붙잡고 달리면서 한 가지 생각만
했습니다. 이 아이들이 세상에서 앞으로 얼마나 더
시련을 견뎌내야 할지!

『세 자매』

52 **류보피 안드레예브나** 오, 나의 순수한 어린 시절! 바로 이
아이 방에서 잠을 자며 또 여기서 동산을 바라보았지.
아침이면 행복에 젖어 잠에서 깨곤 했어. 그때도
동산은 이랬어, 조금도 변하지 않았어. (기뻐 웃으며)
온통, 온통 하얘! 오, 나의 동산! 어둡고 음산한
가을과 추운 겨울을 겪고도 너는 다시 젊고 행복에
넘치는구나. 하늘의 천사들도 너를 저버리지 않을
거야…….

『벚꽃 동산』

53 **텅 빈 무대. 모든 문에 자물쇠를 채우는 소리가 난다.**
그리고 나서 마차가 떠나는 소리. 조용해진다.
정적 속에서 나무에 도끼질하는 황량한 소리가
구슬피 울린다.
발소리가 들린다. 오른쪽 문에서 피르스가 나타난다.
항상 그랬듯이 그는 재킷에 흰 조끼를 입고
슬리퍼를 신고 있다. 병약한 모습.

피르스 (문에 다가가서 손잡이를 만져본다) 잠겼군.
다들 떠났어……. (소파에 앉는다) 나를 잊었군…….
괜찮아……. 여기에 좀 앉아야겠어……. 나리는
떠날 때 털외투가 아니라 얇은 외투를 입었을지도
몰라……. (걱정스러운 듯 한숨을 내쉰다) 보살펴

주었어야 하는데……. 젊은 사람이라 어쩔 수
없다니까! (알아들을 수 없는 말을 웅얼거린다) 살긴
살았지만, 도무지 산 것 같지 않아……. (눕는다) 좀
누워야겠어…… 기운이 하나도 없군, 아무것도 남은
게 없어, 아무것도…… 에이, 바보 같으니……! (미동도
없이 누워 있다)

하늘에서 울리듯 멀리서부터 줄 끊어지는 소리가

구슬피 울리고 나서 잦아든다. 정적.

동산 멀리서 나무에 도끼질하는 소리가 들릴 뿐이다.

막이 내린다.

『벚꽃 동산』

54 사람에게 땅은 3아르신이면 충분하다고 말들 하지요.
그러나 3아르신은 시체에게나 족하지 사람에게는
아니오.[※]

「구스베리」

55 마침내 규칙적으로 철썩이는 물결 소리가 들리고

※ 톨스토이의 작품 「사람에게 얼마만큼의 땅이 필요한가」(1886)에 대한 반응
으로도 읽을 수 있다. 이 문장이 나오는 체호프의 「구스베리」는 1898년 작품
이다.

강에 볼품없는 검은 물체가 나타났다. 바지선이었다.
그리 크지 않은 바지선 위에서, 가재의 집게발처럼
생긴 넓은 날이 달린 기다란 노 두 개를 사람 다섯
명이 젓고 있었다. 노를 젓는 사람들이 해안에
도착하면서 가장 먼저 한 일은 욕설을 내뱉는
것이었다. 그들은 아무런 이유 없이 악에 받쳐서
욕설을 퍼부었다. 무엇에 홀린 것만 같았다. 그들의
상스러운 욕지거리를 듣고 있자니, 나와 동행하는
마부, 말들, 노를 젓는 사람들뿐만 아니라 물, 바지선,
노에게도 어머니가 있다는 생각이 들었다. 노 젓는
사람들이 내뱉은 가장 부드럽고 덜 사악한 욕설은
'제기랄' '빌어먹을' 정도였다. 욕설을 일상어처럼
쓰는 그들은 사람이 아니라 짐승 같아 보였다. 나와
동행한 마부 할아버지는 그들이 저렇게 짓고 있는 죄
때문에 저세상에 가면 지옥에 떨어질 거라고 말했다.
『시베리아에서』

56 인텔리 유형수가 창가에 서서 말없이 이웃집 지붕을
바라보는 모습을 나는 좋아하지 않는다. 그때 그는
무슨 생각을 하고 있을까? 그가 나와 사소한 일들을
이야기하면서 '당신은 집으로 돌아가겠지만 나는
그럴 수 없어'라고 말하고 싶은 표정으로 내 얼굴을
쳐다보는 것을 좋아하지 않는 것이다. 그럴 때 그가

한없이 불쌍하다는 생각이 들기 때문이다.

사형은 이제 예외적인 경우에만 집행되는 드문
형벌이라는 말은 전혀 정확하지 않다. 사형을 대체한
최고의 징벌 조치들도 역시 사형의 가장 중요하고
본질적인 속성을 가지고 있기 때문이다. 종신형,
무기형도 사형제에서 직접 물려받은 목표, 즉
범죄자를 정상적인 인간 사회에서 영구히 격리한다는
목표를 가지고 있다. 무거운 범죄를 저지른
사람은 사형 때와 마찬가지로 자신이 태어나 자란
사회를 유지하기 위해서 추방된다. 지금은 비교적
인도적이라는 러시아 법률에서도 교정의 최고 형벌은
거의 종신형이다. 영구히 유형지로 강제 이주당해서
중노동을 선고받는다. 무서운 일은 평생 추방당하는
것이다.

『시베리아에서』

57 어떤 유형수들은 왜 사할린에 왔느냐는 질문에
용감하게 형벌을 받아들이고 기꺼이 자신의 죄를
고백하며 다음과 같이 대답한다. "좋은 일을 했다면
여기에 왔겠소." 어떤 유형수들은 소심하고 침울한
모습으로 불평하고 울며 절망에 빠진 채 자신은
죄가 없다고 맹세한다. 또 어떤 유형수들은 형벌을
축복이라고 여기는데, 그들의 말에 따르면 감옥에

간혀서 비로소 신을 알았기 때문이라고 한다. 다른
유형수들은 기회만 생기면 도망치려고 하고 그러다가
붙잡히면 막대기를 마구 휘두른다. 개과천선할
가능성이 전혀 없는 사악한 악당과 냉혈한들이
우발적으로 죄를 저지른 자들, 죄도 없이 유죄 선고를
받고 끌려온 불행한 자들과 한 지붕 아래 살고 있다.
그래서 유형수에게 윤리적인 문제로 접근하는 일은
매우 애매하고 혼란스럽다. 기성의 이해 방식으로
진지하게 일반화해서 판단을 내리는 것이 거의
불가능하기 때문이다. 한 지역의 도덕성은 대체로
범죄 건수로 판단되지만, 유형지에서는 이 평범하고
단순한 방법이 전혀 적합하지 않다. 비정상적이고
예외적인 조건에서 살고 있는 유형수들에게는
그들만의 특수하고 조건적인 범죄 상황이 있고
그들만의 규율과 위반 사항이 있어서 우리는 가볍게
여기지만 여기서는 무겁게 다뤄지는 범죄도 있다.

『사할린』

58   유형수들은 자유를 빼앗기고 노예가 되어 굶주리며
     늘 두려움에 사로잡혀 사는 사람들이 흔히 보이는
     악덕과 추태를 부린다. 그런데 거짓말, 교활, 비겁,
     무기력, 중상, 도둑질 등 온갖 종류의 악덕은 그들을
     무시하고 적대시하는 간수들에게 저항하기 위해

진열된 일종의 무기고이기도 하다.

『사할린』

59 유형수들을 사할린 밖으로 내모는 것은 모든
인간에게 내재되어 있는 가장 고결한 본성 중 하나인
자유에 대한 갈망이다. 유형수가 젊고 건장할수록
가능한 한 멀리 시베리아나 러시아로 탈출하려고
한다. 보통 그 유형수는 붙잡혀서 재판을 받고
다시 유형지로 되돌아오지만, 그건 그렇게 무섭지
않다. 다시 붙잡혀 시베리아를 숙영하면서 천천히
걸어오는 동안 교도소, 동료 죄수, 호송병이 빈번히
바뀌고, 여정 중 벌어지는 일에도 그것만의 독특한
시적인 정취가 있어서 보예보드스크의 교도소나
도로 노역 공사판에 있는 것보다 다시 호송되는
것이 그나마 더 자유롭기 때문이다. 나이가
들어 허약해져 자기 다리에 대한 믿음을 잃으면
유형수는 전보다 더 가까운 곳으로 탈출하곤 한다.
아무르강이나 심지어 타이가, 아니면 교도소에서
조금이라도 더 떨어진 곳으로 탈출하여, 교도소의
혐오스러운 벽과 인간들이 보이지 않고 쇠사슬이
덜거덕거리는 소리와 죄수들의 대화 소리가 들리지
않는 곳으로 가려고 든다. 코르사코프 구역에 60세가
넘은 노인인 노역 유형수 알투호프가 살고 있는데,

그는 다음과 같은 방식으로 탈출하곤 한다. 빵 한 덩이를 들고 유형지 오두막을 잠그고 구역에서 채 500미터도 떨어지지 않은 산으로 들어가 타이가와 바다와 하늘을 바라보며 앉아서 사흘쯤 지내다가 오두막으로 돌아온다. 그러다가 다시 식량을 챙겨 산으로 들어가는 일을 반복한다……. 이전에는 그를 매질했지만, 지금은 그가 탈출해도 보고 웃어넘길 뿐이다. 한 달이나 일주일을 자유롭게 다니기 위해 탈출하는 사람들도 있고, 단 하루로도 충분한 사람들도 있다. 하루라지만 그래도 그날은 자기 것이다. 자유를 향한 갈망은 간질 발작처럼 주기적으로 사람들을 사로잡는다. 이러한 갈망은 1년 혹은 한 달 가운데 특정한 시기에 나타나며 그러한 발작이 일어날 것 같으면 자신이 탈출할 것이라고 당국에 미리 알리기도 한다. 보통 탈주자는 붙잡히면 아무런 조사도 없이 채찍질을 당하지만, 그 탈주가 처음부터 끝까지 어리숙하고 터무니없다는 점에 사람들이 자주 놀란다. 때로는 신중하고 온순하며 가족이 있는 자들마저 옷도 빵도 목적지도 계획도 없이, 심지어 결국은 잡힐 것이라고 확신하면서도, 건강, 당국의 신뢰, 그나마 가지고 있는 상대적 자유, 심지어 보급까지 잃을 위험을 무릅쓰고, 또한 얼어 죽거나 총에 맞을 위험을 감수하고 탈출하곤 한다.

이러한 모순성 때문에 탈주자들의 처벌 여부를
결정하는 사할린의 의사들은 대부분 그들이 범죄를
다루고 있는 게 아니라 질병을 다루고 있다고 여긴다.
『사할린』

60 **로파힌** 아, 하느님, 벚꽃 동산은 나의 것입니다!
내가 술에 취해서 정신이 나갔다고, 내가 꿈을 꾸고
있다고 말해도 좋습니다……. (발을 구른다) 그렇지만
나를 비웃진 마시오! 나의 아버지, 나의 할아버지가
무덤에서 일어나 이 일을 모두 보신다면, 매나 맞고
배우지도 못한 예르몰라이가, 겨울에도 맨발로
뛰어다니던 바로 그 예르몰라이가 이 세상에서
가장 아름다운 영지를 산 것을 보신다면……. 나는
아버지, 할아버지가 농노로 지냈던, 부엌에조차
들어가지 못했던 바로 그 영지를 샀습니다. 내가
꿈을 꾸고 있는 것처럼 보이나요……. 아니, 이건
미지의 암흑으로 뒤덮인 당신네들의 공상이라고…….
(조용히 미소 지으며 열쇠 뭉치를 집어 든다) 열쇠를 집어
던졌군요. 더는 이 집의 살림을 할 수 없다는 걸 보여
주고 싶은 건가요……. (열쇠를 흔들어 소리를 낸다)
그래, 아무러면 어떻소. (악단이 조율하는 소리가 들린다)
자아, 악사들이여, 연주하게, 내가 듣고 싶다네! 모두
와서 보시오, 예르몰라이 로파힌이 벚꽃 동산에

도끼질하여 그 나무가 땅 위로 쓰러지는 광경을!
우리는 별장을 세우고, 우리의 손자, 증손자들이
여기에서 새로운 삶을 사는 거야⋯⋯. 음악을 연주해!

『벚꽃 동산』

61 **아냐** 벚꽃 동산은 팔렸어요. 이제는 없어요. 이것은
사실, 사실이에요. 그렇지만 울지 마세요, 엄마.
엄마에게는 아직 앞으로의 삶이 남아 있어요. 그리고
착하고 순수한 영혼이 있잖아요⋯⋯. 함께 이곳을
떠나요, 떠나요⋯⋯! 이곳보다 더 화려한 새 동산을
만들어요. 새로운 동산을 보시면 기쁨이, 깊고 고요한
기쁨이 엄마의 영혼에 깃들 거예요. 저녁 햇살처럼
말이에요. 엄만 미소 짓게 될 거예요. 엄마! 우리
떠나요! 우리 떠나요⋯⋯!

『벚꽃 동산』

62 **투젠바흐** 인생은 계속될 겁니다. 당신과는 관계가
없는, 적어도 당신은 도저히 알 수 없는 인생 고유의
법칙에 따라서 말이죠. 두루미와 같은 철새가
날아가고 있다고 해볼까요. 철새들은 머릿속에서
생각이, 그것이 고상하건 저급하건 상관없이 어떤
생각이 펼쳐진다고 해도 늘 왜, 어디로 나는지 알지
못한 채로 날아갈 겁니다. 그들 가운데 어떤 철학자가

나타난다 해도 전혀 개의치 않고 날고 또 날아갈 테죠.
아무리 철학을 늘어놓아도 '좋아, 그래도 우리는
날아갈 거야' 하면서 말이죠…….

『세 자매』

IV

예술에 대하여

1   소설에는 '그런데 갑자기'가 너무 자주 나온다. 하지만
작가들이 이 말을 쓸 수밖에 없지 않은가. 그만큼 인
생에는 갑작스러운 일들이 가득하니까!

「어느 관리의 죽음」

2   초상화들을 보니 내가 만일 작가라면 길고 긴 장편
소설을 쓸 수 있을 것 같았다. 나이 든 이분들도 모두
이전에는 젊었을 테고, 누구나 길고 긴 이야기를
간직하고 있었을 텐데, 정말로 긴 이야기를!

「굽은 거울」

3   1막의 벽에 총이 걸려 있다면 다음 막에서는 이 총이
반드시 발사돼야 한다. 그렇지 않다면 무대에서 총을
치워야 한다.

〈연극과 예술〉 28호

4   현대소설의 주인공은, 내가 아는 한 너무 소심하고
생기가 없고 게으르고 걱정이 많다. 그리고 지나치게
쉽게 자신이 실패자라는 생각, 생활이 자신을 속인다는
생각과 타협한다. 그들은 투쟁하는 대신 세상이
저속하다고 비판만 할 뿐이다. 그들의 비판 자체도
조금씩 그 저속함 속으로 빠져든다는 것을 모른 채.

「어느 여인의 이야기」

5   인간 마음의 굴곡을 묘사하는 사람을 심리학자라고
     부르지.

「문학 교사」

6   책이 악보라면 대화는 노래입니다.

「6호 병동」

7   작가는 화학자만큼 객관적이어야 합니다. 세상을
     주관적으로 봐서는 안 되는 것이죠. 풍경에서 두엄
     더미는 매우 훌륭한 역할을 하며, 현실에는 선한
     열정뿐 아니라 사악한 열정도 있다는 사실을 알아야
     합니다.

「키셀레바에게 보낸 편지(1887. 1.)」

8   "실례할게요, 아저씨. 의자에 발 좀 올려놔야겠어요."
     너무 지쳐서 몸을 가누기 힘들었다. 소파에 더
     깊숙이 앉아 팔걸이의자 위로 발을 뻗었다. 눈보라에
     얼굴이 빨갛게 얼었는데 온기가 온몸에 스며들어
     녹는 느낌이 들었다. "참 좋네요." 나는 계속
     말했다. "따뜻하고, 포근하고, 아늑하고……. 깃털
     펜이 있군요." 나는 책상을 보며 웃었다. "사판도
     있고……."
     "어? 그래, 그렇군……. 책상하고 여기 이 붉은빛 도는

나무 책장은 주코프 장군[*]의 농노이면서 독학으로
목공을 익힌 소목장 글렙 부티가가 만들어 선친에게
준 거야. 그래…… 그 분야에선 위대한 예술가였지."
나른하고 졸린 듯한 어조로 그는 소목장 부티가
이야기를 해주었다. 나는 듣기만 했다. 그런 다음
이반 이바니치는 옆방으로 가서 저렴하면서도
아름답기로 유명한, 자단나무로 만든 서랍장을
보여줬다. 그는 서랍장을 손가락으로 두드리고,
이어서 지금까지 어디서도 본 적이 없는 무늬가
그려진 타일을 붙인 난로로 나의 관심을 끌었다. 그는
난로도 손가락으로 두드려보았다. 서랍장, 타일을
붙인 난로, 팔걸이의자, 캔버스에 양모와 견사로 수를
놓은, 견고하고 꾸밈이 없는 액자 속 그림 들에서
온화하고 풍요로운 기운이 불었다. 어렸을 때 명명일
날 어머니와 함께 와서 이 물건들이 바로 이 자리에,
이 모습으로 똑같이 있었던 걸 본 기억이 떠올랐다.
이 물건들이 사라진다는 건 결코 믿을 수 없는 일이다.
나는 생각했다. 부티가와 나 사이에는 얼마나
무서운 차이가 있는가! 무엇보다 부티가는 견고하고
근본적인 물건을 만들었고 자기 일에서 무엇이

---

[*] 다닐 에피모비치 주코프(Daniil Efimovich Zhukov, 1823~1892). 러시아 튀르크 전
쟁(1877~1878)을 승리로 이끈 러시아의 장군.

중요한지를 알았다. 그는 인류의 영속성에 특별한
의미를 부여했고, 죽음은 생각하지 않았으며, 아마도
죽음의 가능성마저 믿지 않았을 것이다. 나는 수천
년을 버티고 존재해야 할, 철과 돌로 된 다리를
만들면서 '이게 오래가기나 할까…… 그럴 필요가
있을까'라는 생각을 떠올리지 않은 적이 없었다. 훗날
만일 부티가의 책장과 나의 다리가 어느 안목 있는
예술 사학자의 눈에 띈다면 그는 이렇게 말할 것이다.
'이 두 사람은 자기 분야에서 나름대로 주목할 만한
인물이었습니다. 부티가는 인간을 사랑했고 인류가
소멸하거나 파멸할 거라는 생각은 하지 않았습니다.
때문에 가구를 만들면서 영원한 인류를 마음에
두었습니다. 엔지니어 아소린은 사람도 인생도
사랑하지 않았습니다. 그는 창작의 행복한 순간조차
죽음, 파괴, 소멸에 대한 생각을 버리지 않았고
그래서 그의 작품을 이루는 이 선들은 무의미하고
유한하며 소심하고 초라한 것을 볼 수 있습니다……'
「아내」

9 사조니 풍조니 이러한 것들은 전부 저속한 싸구려
인기에 편승한, 시시하고 비천한 것이다.
「나의 삶」

10 "음악과 같은 예술이 그토록 생생하고 인기 있고
실제로 강력한 힘을 발휘하는 이유는 무엇일까요?
그건 말이죠, 연주자나 가수는 한 번에 수천 명에게
영향을 미치기 때문이에요. 사랑스럽고 멋진 예술!"
그녀는 꿈꾸듯 하늘을 올려다보며 계속 말했다.
"예술은 날개를 달아주고 멀리멀리 날아갈 수 있게
해줘요! 세상의 더러운 때와 하찮은 이해관계에 질린
사람, 마음이 약해진 사람, 분노하고 모욕당한 사람,
모두 이 놀라운 예술에서 평화와 만족을 찾을 수
있어요."

「나의 삶」

11 두 마리 토끼를 쫓지 말고 의료 활동을 할 생각도
하지 말라고 충고하셨죠. 그렇지만 두 마리 토끼를
쫓지 말라고 하신 이유를 알 수 없습니다. 사냥개가
있으면 두 마리 다 쫓을 수 있는 것 아닌가요. 내가
할 수 있는 일이 하나가 아니라 둘이라는 점을
생각하면 활력이 생기고 만족감도 커집니다. 의술이
합법적인 아내라면 문학은 애인입니다. 그중 하나가
지루해지면 다른 하나를 찾게 되지요. 문란해 보여도
그래서 따분하지 않습니다. 또 그런다고 해서 의술도
문학도 무슨 손해를 입는 건 아니지요. 의술이
없었다면 남는 시간과 여분의 생각을 문학에 쏟지도

못했을 겁니다. 나에게는 규율이 없습니다.

「수보린에게 보낸 편지(1888.9.)」

12 **트레플레프** 어머니는 제가 연극을 인정하지 않는다는
것도 압니다. 어머니는 연극을 사랑하고, 스스로
인류와 신성한 예술에 봉사한다고 생각하고 있지요.
하지만 제가 보기에 요즘의 연극은 진부한 데다
편견으로 가득 차 있습니다. 막이 오르면 인공조명
아래 세 개의 벽으로 둘러싸인 방 안에서 그
위대하다는 배우들이 신성한 예술의 사제라도 된
듯이 먹고, 마시고, 사랑하고, 양복을 걸치고 걸어
다니는 걸 흉내 냅니다. 뻔한 장면과 대사에서 도덕을
낚아 올리려고 하지요. 일상생활에서나 필요한
하찮고 따분한 도덕을 말입니다. 그 많은 공연이
제게는 모두 똑같고, 똑같고, 똑같습니다. 모파상이
자기 뇌를 짓누르는 저속한 에펠탑에서 도망쳤듯이
저도 멀리, 아주 멀리 벗어나고 싶습니다.

『갈매기』

13 **도른** 자네도 알겠지만 나는 지금까지 원하는 대로
잘 살았어. 만족하지. 하지만 예술가가 창작을 할
때에 느끼는 것과 같은 그런 영혼이 고양되는 순간을
체험했더라면, 나는 아마도 이 물질적인 껍데기와

거기에 속한 모든 것을 경멸하면서 지상을 떠나 좀 더
높은 곳으로 올라갔을 거야.

『갈매기』

14 나는 이따금 시시한 말을 하지만 예술에 있어서
질문의 중요성을 부정한 적은 한 번도 없습니다.
동료 작가들과의 대화에서 나는 항상 전문적인
분야의 문제를 해결하는 것은 결코 예술가의 일이
아니라고 주장해왔습니다. 예술가가 자신이 모르는
일에 나서는 것은 잘못된 일입니다. 지방자치, 재정
처리, 음주로 인한 해악, 부츠 제작, 산후병 등과
같이 특별한 문제에는 그것을 다루는 전문가들이
있는 법이죠. 예술가도 자신이 알고 있는 것에
대해서만 판단해야 합니다. 예술가의 판단 영역은
다른 전문가들과 마찬가지로 제한적입니다. 바로
이것이 내가 항상 반복해서 강조하는 것입니다.
예술의 영역에 질문이 아니라 오직 답만이 있다고
여기는 태도는 글을 한 번도 써본 적이 없고 이미지가
무엇인지 모르는 사람만이 보일 수 있는 것이죠.
작가는 관찰하고 선택하고 추측하고 구성합니다.
이러한 작업을 위해서 맨 처음에 질문을 제기해야
합니다. 처음에 스스로 질문을 던지지 않는다면
추측할 것도 선택할 것도 없습니다. 정신의학적으로

간단히 말하자면, 창작할 때 작가가 질문과 의도를
가지지 않았다면 아무런 생각 없이 전혀 계획하지
않은 채 일시적인 격정에 휩쓸렸다는 말이 됩니다.
따라서 어떤 작가가 아무런 고민도 하지 않고 오로지
영감을 받아 작품을 썼다고 자랑한다면, 나는 그
사람을 미친 사람이라고 부를 겁니다.
예술가와 그의 작품이 의식적으로 연결되어 있다고
보는 당신의 견해는 옳지만, 그럼에도 당신은 두 가지
개념을 혼동하고 있습니다. 문제의 해결과 문제의
올바른 제기는 다릅니다. 후자, 즉 올바른 문제
제기만이 예술가의 임무입니다. 『안나 카레니나』와
『예브게니 오네긴』에서 어떠한 문제도 결론 나지
않지만 모든 문제가 올바르게 제기되었기 때문에
당신이 상당히 흡족하게 여기는 것입니다. 법정은
올바로 문제를 제기해서 배심원 각자가 자신의
센스에 따라 판단하도록 만들어야 합니다

「수보린에게 보낸 편지(1888.10.)」

15 신, 페시미즘[※] 등과 같은 문제에 대답하는 것은
소설가가 할 일이 아니라고 생각합니다. 소설가의
임무는 오로지 누가, 어떻게, 어떤 상황에서 신이나

※ 세상은 본래 불합리해서 개선도 개혁도 무의미하다고 보는 염세주의.

페시미즘에 대해 말하고 생각했는지를 묘사하는
것뿐입니다. 예술가는 작품의 인물들과 그들이
말하는 내용을 판단하는 사람이 되어서는 안
되며, 단지 공정한 목격자가 되어야 합니다. 나는
페시미즘에 관해 러시아 사람 두 명이 나누는
혼란스럽고 결론이 나지 않는 대화를 들은 적이
있습니다. 나는 이 대화를 내가 들었던 바로 그
형태로 전달하려고 했으며, 배심원 즉 독자들이
그것을 평가할 것입니다. 나의 유일한 관심은
중요한 말과 중요하지 않은 말을 구별하면서 인물을
조명하고, 그들의 언어로 말할 줄 아는 능력을 가지는
것입니다.

「수보린에게 보낸 편지(1888.5.)」

16 **마샤** 그 사람이 뭔가를 읽을 때면 눈은 불타오르고
얼굴은 창백해지죠. 아름다우면서 슬픈 목소리를
가졌어요. 몸짓은 시인과 같고요.

『갈매기』

17 **니나** 유명하고 천재적인 작가의 기분을 알고
싶어서요. 유명하다는 것은 어떤 느낌일까요?
유명하다는 걸 어떻게 느끼시나요?
트리고린 어떻게……? 그런 건 없습니다. 생각해본

적도 없군요. (잠시 생각하고 나서) 둘 중에 하나겠죠.
당신이 내 명성을 과장해서 보고 있거나, 아니면
명성이라는 건 전혀 느껴지지 않는 것이거나.

니나 자신에 관한 신문 기사를 읽으실 때는요?

트리고린 칭찬을 받으면 기분이 좋고, 욕을 먹으면 한
이틀쯤 기분이 나쁘지요.

니나 황홀하고 멋진 세계! 제가 얼마나 부러워하고
있는지 아시나요! 사람의 운명은 다양해요. 어떤
사람들은 따분하고 알아주지 않는 인생을 질질
끌면서, 그게 그거고 불행한 삶을 살지요. 반대로
어떤 사람들은, 선생님같이 백만 명 중에 한 사람일
정도로 드물지만, 화려하고 재미있고 의미로 가득 찬
인생을 누리지요……. 행복하신 분이에요…….

트리고린 내가 말이오? (어깨를 으쓱한다) 음…….
명성이니 행복이니 화려하고 재미있는 생활이니
말씀하시는데, 내게는 그 멋진 말들이, 미안하지만 한
번도 먹어보지 못한 마멀레이드 같군요. 당신은 무척
젊고, 무척 순진하시오.

니나 선생님의 인생은 정말 멋져요!

트리고린 내 생활 어디가 그렇게 좋다는 건지? (시계를
본다) 가서 글을 좀 써야겠습니다. 미안합니다,
시간이 없어서……. (웃는다) 당신은, 글쎄, 내 아픈
곳을 건드리는군요. 그래서 이렇게 내가 흥분하고

화가 좀 난 겁니다. 어디 한번 얘기해봅시다. 나의
멋지고 화려한 생활에 대해서 이야기해봅시다…….
어디서부터 시작할까요? (잠시 생각하고 나서) 예를
들어, 사람이 밤낮으로 달 하나만을 생각한다면
강박관념이 생깁니다. 나에게도 그런 나만의 달이
있지요. 써야 한다, 써야 한다, 써야 한다, 그 하나의
생각이 잠시도 머리에서 떠나지 않습니다……. 한
작품을 끝내자마자 곧바로 다음 작품을 써야 합니다.
그리고 또 다음, 또 다음, 이렇게 말입니다…….
역마차를 갈아타듯 끊임없이 글을 씁니다. 다른 일은
생각조차 못 합니다. 여기에서 멋지고 화려한 것이
무엇인지 당신에게 묻고 싶습니다. 소름 끼치게
지겨운 생활일 뿐인데! 지금도 이렇게 당신과 함께
있으면서 흥분하고 있지만, 끝내지 못한 소설이
나를 기다리고 있다는 생각이 한순간도 떠나지
않아요. 저기 피아노를 닮은 구름이 보이는군요.
그러면 생각하지요. 소설 어디에다 '피아노 같은
구름이 흐른다'라고 묘사해야겠다고 말입니다.
헬리오트로프 향이 나네요. 그러면 바로 마음속에
담아둡니다. 달콤한 향기, 과부의 꽃, 여름밤을
묘사할 때 써야지 하고 말입니다. 지금도 당신과
내가 쓰는 표현과 단어들을 하나하나 놓치지 않고
서둘러 작품을 위한 창고에 쌓아두려고 애쓰고

있습니다. 분명히 쓸데가 있을 거다 하면서! 일을
마치면 극장으로 달려가거나 낚시를 합니다. 그곳에
가서 모든 것을 잊고 쉬려고 하지만, 그렇게 되지
않지요. 머릿속에서 이미 새로운 주제가 무거운 철제
포탄처럼 굴러다녀서, 책상으로 돌아가 서둘러 다시
써야 한다, 써야 한다, 이 생각뿐입니다. 그래서 늘
편안할 때가 없습니다. 마치 내 생명을 갉아먹고 있는
듯한 느낌이 들죠. 누군가에게 꿀을 주기 위해, 내가
가진 가장 좋은 꽃을 꺾어 꽃잎을 뜯어내고 꽃가루만
모은 다음, 뿌리까지 짓밟아버리는 겁니다. 이러는데
과연 미치지 않을 수 있을까요? 친지나 친구들이
나를 건강한 사람으로 대할 수 있을까요? '무엇을
쓰시나요? 무엇을 우리에게 선사하실 거죠?' 언제나
똑같은, 똑같은 말들이라, 사람들의 관심, 칭찬, 감탄,
그 모든 것이 다 거짓으로 보입니다. 환자를 속이듯
나 자신을 속이고 있는 것이죠. 이따금 사람들이 등
뒤로 몰래 다가와서 나를 움켜잡고 포프리신처럼
정신병원으로 끌고 가지 않을까 두렵죠. 젊은 시절,
그 좋은 시절에, 막 작가가 된 그때에도, 글을 쓰는
것은 오로지 고통의 연속이었어요. 젊은 작가, 특히
일이 잘 풀리지 않는 젊은 작가는 자신이 못나고,
초라하고, 쓸모없어 보입니다. 신경이 곤두서서
예민하지요. 그래서 견디지 못하고 문학계나 예술계

인사들 주위를 배회합니다. 아무도 알아주지 않는
인정받지 못한 작가는 돈 떨어진 도박꾼처럼 다른
사람의 눈도 감히 똑바로 쳐다보지 못합니다. 나는
내 글의 독자를 만나본 적이 없지만, 어쩐지 그들이
나에게 적대적이고 의심이 많을 거라고 상상합니다.
대중이 두렵습니다. 대중은 나에게 공포를 줍니다.
새 희곡을 올릴 때면, 매번 저 갈색 머리는 적의를
품고 있고, 저 금발 머리는 차갑고 냉정할 거라고
생각하게 됩니다. 이 얼마나 끔찍한 일입니까! 얼마나
고통스럽겠습니까!

니나 그래도 영감이 생길 때나 창작하는 순간에는
고상한 행복이 찾아오지 않나요?

트리고린 그야 글을 쓰고 있을 때는 즐겁지요. 교정을
보고 있을 때도 즐겁습니다. 하지만…… 책이
발간되면 이게 아닌데, 잘못이야, 처음부터 쓰지
말았어야 했어 하는 생각이 듭니다. 그렇게 짜증이
나고, 기분도 나빠집니다……. (웃으며) 대중들은 책을
읽으면서, '그래, 재미있고, 재주도 있어…… 재밌기는
하지만 톨스토이에 비하면 아직 멀었지' 아니면
'괜찮은 작품이야, 그러나 투르게네프의 『아버지와
아들』이 훨씬 낫지' 합니다. 관 뚜껑을 덮을 때까지
그저 '재밌고 재주도 있어, 재밌고 재주도 있어'
그 이상은 없죠. 죽고 나면 어떨까요. 나를 아는

사람들이 무덤 옆을 지나가면서 아마 이렇게 말할
겁니다. '여기에 트리고린이 누워 있군. 괜찮은
작가였지만 투르게네프보다는 못했지.'

니나 죄송하지만, 믿을 수가 없어요. 성공에 취해서
하시는 말씀 같아요.

트리고린 성공이라고요? 나는 한 번도 나 자신이
마음에 든 적이 없어요. 작가인 나를 사랑하지
않지요. 더 나쁜 것은, 가스에 중독이라도 된 듯
무엇을 쓰는지조차 알지 못하는 때가 자주 있다는
겁니다……. 이 호수와 나무와 하늘을 사랑합니다.
자연을 느낍니다. 자연은 글을 써야 한다는 열정,
도망칠 수 없는 갈망을 불러일으키죠. 하지만 내가
풍경화가는 아니잖습니까. 나도 한 사람의 시민이고,
조국과 민족을 사랑합니다. 작가라면 반드시 민족에
대해서, 조국의 고난과 미래에 대해서 말해야
하고, 과학에 대해서, 인권에 대해서, 그 밖의 여러
문제들에 대해서 말해야 하지 않나요. 그래서 나는
이 모든 문제를 다루려고 서두릅니다. 사방에서
사람들이 성을 내며 나를 재촉하면, 사냥개에 쫓기는
여우처럼 이리저리 뛰어다닙니다. 그러나 과학과
현실이 앞으로, 앞으로 나아가는 것을 보면서, 나는
기차를 놓쳐버린 농부처럼 언제나 제자리를 맴돌
뿐입니다. 그러다 결국 알게 되지요, 나는 풍경이나

그릴 줄 알지, 그 밖의 것들은 다 가짜, 골수까지
가짜라는 것을.

니나 일에 지쳐서 그러신 거예요. 자신의 가치를
깨달을 의욕도 시간도 없어서 그러신 거예요.
자신에게 만족하지 못한다고 말씀하시지만, 다른
사람들 눈에는 위대하고 훌륭한 분이신걸요!
제가 선생님 같은 작가라면 일생을 대중에게
바쳤을 거예요. 그러면 대중은 제 수준에 도달해야
행복해진다는 걸 알게 되어, 저를 꽃마차에 태우고
다녔겠지요.

트리고린 아, 꽃마차라……. 아가멤논[※]이라도 된단
말인가요?

『갈매기』

18 **트레플레프** (글을 쓰려고 먼저 쓴 부분을 훑어본다) 그렇게
새로운 형식을 말했는데, 지금 보니 나도 타성에
젖어 있는 것 같아. (읽는다) '울타리 위에 붙은 벽보가
말하고 있다……. 검은 머리카락이 감싸고 있는
창백한 얼굴…….' 말하고 있다, 감싸고 있는…….
너무 서툴러……. (지운다) 주인공이 빗소리에

※ 그리스신화에 나오는 미케네의 왕. 트로이전쟁을 승리로 이끈 그리스 군대
의 총지휘관.

잠에서 깨는 부분부터 다시 시작해야겠어, 나머지는
모두 버리고. 달밤 묘사는 너무 길고 멋을 부렸어.
트리고린이라면 자기 스타일이 있어서 쉽게 쓸
텐데……. 그 사람이 쓴다면, '제방 위에 깨진 병
조각이 반짝이고 방앗간 바퀴가 검은 그림자를
드리운다' 하는 식으로 달밤을 그릴 텐데, 나는,
'흔들거리는 불빛, 조용히 반짝거리는 별빛, 멀리서
들리는 피아노 소리가 고요하고 향기로운 대기
속으로 사라진다……' 이건 아니야. 그래, 문제는
낡고 새로운 형식 속에 있는 것이 아니야. 형식에
얽매이지 않고 마음속에서 흘러나오는 대로 자유롭게
쓰는 것이 중요해. 점차 그런 확신이 들어.

『갈매기』

19 자연을 묘사할 때는 세세한 부분들을 다뤄서, 읽다가
눈을 감으면 그것들이 모여 이미지가 떠오르도록
써야 합니다. 예를 들어, 달빛 비치는 밤을 묘사할 때
'깨진 유리병 조각들이 방앗간 담장에서 반짝이고
늑대인지 개인지 모를 검은 그림자가 공 모양으로
굴러다녔다'라고 쓰는 겁니다. 자연은 인간의 행동과
비교해서 묘사하면 생기를 얻게 될 겁니다.
심리를 다룰 때도 마찬가지죠. 일반화하는 오류를
범하지 마세요. 인물의 기분을 직접 묘사하지 않아야

합니다. 감정은 인물의 행동을 통해 드러나도록 써야
하지요. 또한 수많은 캐릭터를 쫓아다니지 않아도
됩니다. 무게중심은 그와 그녀, 둘이면 됩니다.

「형 알렉산더 체호프에게 보낸 편지(1886.5.)」

20 습기를 머금은 눈이 펑펑 쏟아졌다. "지금 기온은
영상 3도인데, 그래도 눈이 내리는구나." 구로프가
딸에게 말했다. "하지만 따뜻한 건 땅의 표면이지,
대기의 상층에서는 기온이 전혀 다르단다."

「개를 데리고 다니는 부인」

21 **보이니츠키** 교수는 예전처럼 아침부터 한밤중까지
자기 서재에 앉아 끼적거리고 있지. 지혜를 짜내고
이마를 찌푸리면서 언제나처럼 찬가를 쓰고 또
쓰건만, 그 자신도 찬가 자체도 어디서든 찬양받지
못하네. 종이만 아까워. 그 사람은 차라리 자서전이나
쓰는 게 나을 거야. 얼마나 대단한 주제인데! 퇴직한
교수에다 늙은 말라깽이에 박식한 물고기…….
통풍에 류머티즘에 편두통에 질투와 시샘으로 간은
부었고……. 이런 물고기가 첫 부인의 영지에 살고
있지, 어쩔 수 없이 말이야. 호주머니 형편 때문에
도시에서는 살 수 없거든. 언제나 불행하다고
불평하지만, 사실 그 누구보다 더 행복하지. (발작하듯)

생각해봐, 얼마나 행복한가! 하찮은 교회지기의
아들, 그 신학생이 학위를 받고 교수가 되어 존경을
받고, 원로 의원의 사위가 되고, 그리고, 그리고……
하지만 중요한 건 그게 아니야. 한번 들어보라고. 25년
동안이나 예술에 대해서 읽고 썼다는 사람이 예술에
대해서 전혀 아는 바가 없단 말이야. 25년 동안 그자는
남의 사상으로 리얼리즘이니 자연주의니 등등을
되뇌었을 뿐이야. 25년 동안 좀 아는 사람이라면 다
아는, 어리석은 사람이라면 관심도 없는 그런 것을
읽고 쓴 거야. 무슨 말인지 알겠나, 25년 동안 전혀
쓸모없는 짓을 한 거라고. 그런데도 그 자만심이란!
그 잘난 체는! 퇴직하고 나니까, 그자를 알아주는
사람은 한 명도 없어. 알아주는 이가 전혀 없다고.
무슨 말인지 알겠나. 25년 동안 그자는 남의 자리를
차지하고 있었던 거야. 그런데도 한번 보라고, 저
거들먹거리며 걷는 꼴을!

『바냐 아저씨』

22 혼자 남자 코브린은 편하게 누워 논문들을 읽기
시작했다. 「중간 단계의 재배」 「새로운 과수원의 복토
작업에 관한 Z씨 논문에 대한 논평」 「잠자는 씨눈에
접붙이는 방법에 관하여」 같은 것들이었다. 무척이나
불안하고 변덕스러운 톤으로 쓰인, 신경질적이고

거의 병적인 격정이 담긴 글들이었다! 그 가운데
가장 평화로운 제목에다 논쟁적이지 않은 내용을
담은 글도 다음과 같았다. 그 논문은 러시아산
안토노프카 품종의 사과나무에 대한 것이었다.
예고르 세묘니치는 그 글을 '다른 점을 들어보자'로
시작해서 '지혜로운 사람에게는 이 정도로
충분하다'로 끝냈는데, 이 표현 사이에는 '자신의
높은 강단에서 자연을 내려다보며 관찰하는 이름난
원예사 양반들의 박식한 무식'을 향한, 또는 '무식한
아마추어들이 만들어준 명예를 누리는' 고셰 씨를
향한 갖가지 독설들이 분출하고 있었다. 그러면서도
과일을 훔치느라 나무를 부러뜨린 농부들에게 체형을
가해서는 안 된다는 부자연스럽고 마음에도 없는
유감을 부적절하게 삽입하기도 했다.
'원예는 아름답고 평화로우며 건강한 일인데도, 이
글은 전쟁처럼 격정적이구나.' 코브린이 생각했다.
'관념적인 사람들은 어디에서나, 어떤 분야에서나
신경이 날카롭고 지나치게 예민할 수밖에 없나 보다.
어쩌면 그럴 필요가 있을지도 모르지.'

「검은 수사」

23 **샤므라예프** 언젠가 모스크바의 오페라극장에서 유명한
가수 실바가 낮은 도를 냈던 것이 기억나는군요.

그때 공교롭게도 맨 위층 관람석에 교구 성가대의
베이스가 앉아 있었는데 갑자기 얼마나 놀랐을지
한번 상상해보십시오. '브라보, 실바!' 하는 소리가
들리는 거예요. 한 옥타브나 더 낮은 저음으로
말입니다……. 바로 이렇게. (낮은 베이스로) 브라보,
실바……. 극장이 얼어붙은 듯 조용해졌지요.
『갈매기』

24 **보이니츠키** 25년 동안 어머니와 나는 사방이 벽인
이곳에서 두더지처럼 지내왔어……. 우리의 생각,
감정 모두는 당신 하나에게 달려 있었던 거야.
낮에 우리는 당신에 대해서, 당신의 저서에 대해서
이야기하며 당신을 자랑스러워했고 경건하게 당신의
이름을 불러보곤 했지. 밤에 우리는 잡지나 책을
읽으며 시간을 보냈어, 지금은 그토록 경멸하는 그
잡지와 책을!
텔레긴 그러지 마, 바냐, 그러지 마……. 나는 더
이상…….
세레브랴코프 (화를 내며) 모르겠군, 자네에게 필요한 게
뭐야?
보이니츠키 당신은 우리에게 하느님과 같았어. 당신의
글들을 외울 정도였으니까……. 하지만 이제야 눈을
떴어! 나는 모두 다 안다고! 당신이 예술에 대해서

쓰지만, 예술에 대해서는 아무것도 모른다는 것을!
내가 좋아했던 당신의 저서들은 한 푼의 값어치도
없어! 당신은 우리를 속인 거야!

세례브랴코프 여러분! 저 사람 좀 말리시오! 나는
나가겠소!

엘레나 안드레예브나 이반 페트로비치, 제발 조용히
하세요! 알겠어요?

보이니츠키 조용할 수 없어! (세례브랴코프의 길을 막으며)
기다려, 아직 끝나지 않았어! 당신은 내 인생을
파괴했어! 나는 살아 있었던 게 아니야, 살았던 게
아니라고! 당신 덕에 내 인생에서 가장 좋은 시간을
망쳤어, 파멸시켰다고! 당신은 내 철천지원수야!

텔레긴 더는…… 더는……. 가겠습니다……. (무척
당황해하며 나간다)

세례브랴코프 나에게 원하는 게 뭔가? 그리고 그런
식으로 나에게 말할 자격이 있나? 한심한 놈! 영지가
자네 거라면 가지게, 필요 없으니!

엘레나 안드레예브나 이 지옥 같은 곳에서 당장 떠나겠어!
(소리친다) 더는 견딜 수 없어!

보이니츠키 내 인생은 끝났어! 나는 재능도 있고
똑똑하고 용감한데……. 만일 내가 정상적으로
살았다면 쇼펜하우어나 도스토옙스키가 되었을
텐데……. 내가 무슨 말을 하는 거야! 미쳤군…….

어머니, 절망입니다! 어머니!

『바냐 아저씨』

25 아아, 나는 결코 톨스토이 같은 작가가 될 수
    없습니다! 여성을 언급한다면 나는 무엇보다도
    아름다움을 먼저 떠올립니다. 인류의 역사에서는
    카펫, 스프링이 있는 마차 등과 같이 구체적인 사물에
    담긴 문화, 그리고 예리한 기지로 표현된 문화를
    사랑합니다.

「수보린에게 보낸 편지(1891.8.)」

26 재능과 신선함이 많은 것을 망칠 수 있다는 건
    사실입니다. 풍부한 소재와 재능 외에도 못지않게
    중요한 다른 무언가가 필요합니다. 그건 첫째로
    성숙함이고, 둘째로 개인적인 자유로움인데, 이런
    생각은 최근에야 들기 시작했습니다. 전에는 그러지
    못했지요. 성공에 취해 글을 쓸 때는 경박하고
    나태하고 무례하기도 했습니다.

「수보린에게 보낸 편지(1889.1.)」

27 **체부티킨** 그저께도 클럽에서 사람들이 셰익스피어니
    볼테르니 말들 하던데…… 나는 읽지 않았어, 하나도
    읽지 않았어. 그러고도 읽은 척하고 있었지. 남들도

다 똑같아. 속물들! 저속해!

『세 자매』

28 천장부터 바닥까지 화가들과 학자들과
저널리스트들의 글과 작품으로 도배된 내 방은 항상
편견들로 가득 차 있는 것처럼 보입니다.

「베로치카」

29 **가예프** 귀중하고 존경스러운 책장이여! 너의
존재를 찬양하나니, 너는 100년이 넘게 선과
정의의 빛나는 이상을 향해 매진해왔구나. 유익을
향한 네 침묵의 호소는 100년이 흘러도 약해지지
않았고 우리 세대에게 활기와 더 나은 미래에 대한
신념을 심어주었으며 선의 이상과 공공의 자각을
가르쳐주었도다.

『벚꽃 동산』

30 **아냐** 가을밤이면 우리 책을 읽어요. 많은 책을 읽고
나면, 새롭고 경이로운 세계가 우리 앞에 펼쳐질
거예요…….

『벚꽃 동산』

31 추위 때문에 아홉 달 동안이나 장갑을 벗을 수 없고

손가락도 곧게 펼 수 없다. 영하 40도의 추위가
닥치기도 하고 초원 전체가 물에 잠기기도 하며
여름이라도 찾아오면 고된 노동으로 등짝이 쪼개질
듯하고 핏줄이 부풀어 오른다. 이런 곳에서 언제
그림을 그리겠는가. 1년 내내 자연과 가혹한 투쟁을
벌여야 하는 이곳에서 어떻게 화가나 음악가나
가수가 될 수 있겠는가.

『시베리아에서』

32 나는 시베리아 여행을 희곡으로 쓰지 못하고
잊어버렸지만, '사할린'이라는 제목의 책은
출간했습니다. 읽어보시기를 권합니다. 예전에 드린
초고는 진실하지 못하니 잊어버리시기를 바랍니다.
나는 오랫동안 사할린에 관한 글을 쓰면서 잘못된
길을 가고 있다고 느꼈는데, 마침내 무엇이 거짓된
것인지 찾아냈습니다. 문제는 바로 내가『사할린』으로
누군가를 가르치려 들었고 그래서 어떤 것은 숨기고
어떤 것은 길게 늘렸다는 것입니다. 그런데 내가
사할린에서 얼마나 이상한 사람이었는지, 그곳의
돼지들은 어떻게 생겼는지에 대해 쓰기 시작하자 일이
쉬워졌고, 약간 유머러스하게 나오긴 했지만 팔팔
끓듯이 글이 써졌습니다.

「수보린에게 보낸 편지(1893.7.)」

33 만일 풍경화가가 사할린에 온다면 아르코보 계곡을
추천하겠다. 이 장소는 지형도 빼어나지만 색채가
매우 풍부해서 화려한 양탄자나 만화경 같다는 구식
비유를 쓰지 않을 수 없다. 여기에는 비가 내린 뒤
짙은 녹색으로 빛나는 커다란 우엉이 무성하고,
그 옆의 3사젠 정도 되는 작은 밭에는 초록색
호밀, 그다음엔 보리밭, 다시 우엉, 이어서 귀리가
자라는 땅과 감자 이랑이 나오며, 고개를 떨군
어린 해바라기 두 송이, 그 뒤로 짙푸른 쐐기풀이
엉킨 삼밭, 이곳저곳에서 솟아난 샹들리에 모양의
미나리 들이 있다. 이 다양한 색깔 뒤로 양귀비가
장밋빛으로, 선홍빛으로, 자줏빛으로 점점이 돋아나
있다. 오솔길에서는 비를 피하기 위해 커다란 우엉
잎을 머리 위에 써서 초록색 딱정벌레처럼 보이는
아낙네들을 만나기도 한다. 그리고 주위는 온통
산들이다. 캅카스까지 가지 않아도 될 정도로 이곳은
산들로 둘러싸여 있다.

『사할린』

34 "디모프, 당신은 똑똑하고 고상한 사람이에요."
그녀가 말했다. "하지만 당신에게는 한 가지 중요한
단점이 있어요. 예술에 전혀 관심이 없지요. 당신은
음악도 그림도 인정하지 않아요."

"이해하지 못하는 것뿐이오." 그가 부드럽게
대답했다. "나는 자연과학과 의학 분야에서 일하며
평생을 살았소. 예술에 관심을 둘 여력이 없었지."
"끔찍하네요, 디모프!"
"아니 왜? 당신은 당신 친구들이 자연과학과 의학을
모른다고 비난하지 않잖소. 누구나 자기 일이 있는
거지. 나는 풍경화도 오페라도 이해하지 못하지만
이렇게 생각해. 어떤 똑똑한 사람들이 예술에 평생을
바치고 다른 똑똑한 사람들이 그들의 작품과 공연에
큰돈을 들인다면 그건 곧 예술이 필요하다는 의미지.
예술을 이해하지는 못하지만, 이해하지 못한다고
해서 인정하지 않는다는 건 아니오."

「여치」

35 의학 공부가 나의 문학 활동에 지대한 영향을
미쳤다는 것은 의심의 여지가 없다네. 의학은 내 관찰
범위를 크게 확장했고 지적으로도 나를 풍요롭게
했지. 그 지식이 작가인 나에게 얼마나 가치 있는지에
대해서는 자네처럼 의사인 사람만이 이해할 수 있을
걸세. 의학을 배운 덕에 많은 실수를 피할 수 있었던
것 또한 분명한 사실이고. 자연과학을 알고 과학적인
방법에 친숙했기 때문에 늘 정신을 바짝 차릴 수
있었어. 가능한 한 과학적인 증거를 따르려고 애썼고

만일 불가능하다면 차라리 아예 글을 쓰지 않았지.
물론 예술 창작의 조건이 항상 과학적인 증명과
일치하지 않는다는 점은 아네. 예를 들어 말이지, 연극
무대에서 실제로 독극물로 인한 죽음을 구현할 수는
없는 일이니까. 과학적인 데이터와의 일치는 주어진
조건하에서 지각되어야 하네. 그러니까 독자나
관객이 예술작품은 조건적이며 작가가 그 제한성을
잘 알고 있다는 점을 분명히 인식하게 해야 해.
나는 과학을 무조건 부정적으로 대하는 작가 부류에
속하지 않아. 모든 일을 자신이 다 알고 있다고
여기는 사람들 부류에도 속하고 싶지 않고, 물론
속하지도 않는다네.

「로솔리모에게 보낸 편지(1899.10.)」

36 당신이 쓴 단편「길 위에서」를 읽었습니다. 내가
잡지 발행인이라면 이 이야기를 잡지에 기꺼이
실을 겁니다. 그런데 독자로서 한 가지 조언을 하죠.
비참하고 무능력한 인물을 묘사하고 독자들의 연민을
불러일으키고 싶다면 더 냉정해야 합니다. 그럴 때
인물의 슬픔이 더 잘 드러납니다. 그런데 당신의
인물들은 소리 내어 울고 있고 당신은 한숨을 내쉬고
있더군요. 좀 더 냉정해야 합니다.

「아빌로바에게 보낸 편지(1892.3.)」

37 가련한 이야기를 쓸 때는 냉정해야 한다고 당신에게
    말한 적이 있지요. 그런데 아직도 이해하지 못하고
    있는 것 같더군요. 작품을 쓰면서 울고 신음하고
    인물과 함께 고통스러워할 수도 있겠지만, 그래도
    독자가 눈치채지 못해야 합니다. 객관적일수록 더
    강한 인상을 남길 수 있습니다. 내가 하려던 말은
    바로 이겁니다.

「아빌로바에게 보낸 편지(1892.4.)」

38 사람들이 죽음에 대해 말할 때 떠올리는 외면하고
    싶은 공포감이 이 침실에는 없었다. 멍하니 정신을
    잃은 어머니의 모습과 의사의 무감각한 얼굴에는
    뭔가 사람을 끌어당겨 가슴을 쥐어짜는 것이 있었다.
    또한 인간의 슬픔에서 미묘하게 배어나는 포착하기
    어려운 아름다움도 있었는데, 그 아름다움은 금방
    이해해서 설명하기 어렵고 오직 음악으로만 전달할
    수 있을 것 같았다.

「적들」

39 나는 마샤가 진정한 미인이라고 맹세할 수 있다.
    하지만 그것을 증명할 방법은 모르겠다. 이따금
    구름이 지평선으로 어지럽게 몰려들고 그 뒤로 지는
    해가 구름과 하늘을 갖가지 색깔로 물들일 때가 있다.

자홍색, 주황색, 황금색, 연보라색, 장미색……. 어떤
구름은 수도사로 보이고, 어떤 구름은 물고기, 어떤
구름은 터번을 쓴 튀르키예인으로 보인다. 하늘의
3분의 1을 덮은 노을빛이 교회 십자가와 영주 저택
창문에서 빛나고, 강물과 웅덩이에서 반짝이며, 나무
잎사귀들 위에서 아롱거린다. 노을을 배경으로 저
멀리 들오리 떼가 어딘가로 날아간다. 소를 몰고
가는 목동이나 사륜마차를 타고 제방을 건너가는
측량기사나 산책을 나온 지주들이나 모두 석양을
바라보면서 정말 아름답다는 생각을 하게 된다.
그러나 그 누구도 무엇이 아름다운지 콕 집어서
말하지 못한다.

「미인」

40 **마샤** 그래도 의미라는 게 있지 않을까요?

　　투젠바흐 의미라……. 지금 눈이 내리고 있습니다.
여기에 무슨 의미가 있겠습니까?

『세 자매』

41 죽는다는 건 슬프지 않았다. 그러나 집에 돌아와서
바이올린을 보자 심장이 조여들고 마음이 아팠다.
바이올린을 무덤까지 가지고 갈 수는 없는 일이다.
홀로 남겨진 바이올린은 자작나무와 소나무 숲이

벌목당했던 것과 비슷한 처지에 놓일지도 모른다.
이 세상의 모든 것은 사라졌고, 사라지겠지. 야코프는
바이올린을 가슴에 품고 오두막을 나와 문턱에
걸터앉았다. 이제는 떠나버린, 상실로 가득 찬 인생을
생각하며 바이올린을 켜기 시작했다. 애처롭고
감동적인 선율이 흘렀고 눈물이 두 뺨을 적셨다.
생각이 깊어질수록 바이올린 소리는 더 구슬프게
울렸다.

「롯실드의 바이올린」

42 내가 두려워하는 사람은, 행간에서 경향을 찾아 나를
진보주의자니 보수주의자니 확고하게 규정지으려는
자들이라네. 자네도 알다시피 나는 진보주의자도
보수주의자도 점진주의자도 성직자도 무신론자도
아니지. 나는 오로지 자유로운 예술가이길 바라고,
신이 그럴 능력을 내게 부어주시기를 원할 뿐. 나는
모든 형태의 거짓과 폭력을 혐오한다네. 바리새주의,
우둔함, 전횡은 시장이나 교도소에서만 활개를 치는
것이 아니더군. 과학계에서도 문학계에서도 젊은이들
사이에서도 그런 모습들이 보여. 평판과 꼬리표는
편견이라고 생각해. 내게 가장 신성한 것은 인간의
몸, 건강, 지성, 재능, 영감, 사랑, 절대적인 자유,
특히 모든 형태의 거짓과 폭력으로부터의 자유라네.

이것이 내가 위대한 예술가가 되었을 때 견지할
강령이라고 할 수 있지.

「플레세예프에게 보낸 편지(1888.10.)」

43   일반적으로 말이란 아무리 화려하고 심오한
표현이라도 별생각 없는 사람에게 혹시 영향을
줄지는 모르지만 정작 행복하거나 불행한 사람의
행복한 기분 또는 불행한 기분은 결코 다 담지 못한다.
그렇기 때문에 차라리 아무 말도 하지 않는 것이
행복이나 불행을 더 잘 드러낸다. 사랑에 빠진 연인은
말을 하지 않을 때 오히려 서로를 더 잘 이해한다.
장례식에서 낭독되는 절절하고 애끓는 조사는 고인과
무관한 사람들에게는 감동을 줄지 몰라도 남편을
잃은 아내와 고아가 된 아이들에게는 냉랭하고
무의미하게 들릴 뿐이다.

「적들」

44   달콤한 파이를 먹고 차를 마셨다. 이어서 베라
이오시포브나가 본인이 쓴 소설을 소리 내어 읽기
시작했다. 현실에서는 일어날 것 같지 않은 허황된
이야기였다. 스타르체프는 글을 읽는 그녀의 허옇게
센 머리를 바라보며 끝나기만을 기다렸다. '무능한
사람이란,' 그가 생각했다. '소설을 쓸 줄 모르는

사람이 아니라 소설을 썼다고 나서는 사람을 말할
거야.'

「이오니치」

45 교정지를 읽으면서 스토리를 바꾸는 건 아닙니다.
스토리는 완성했지만 음악적인 차원에서 문장을
다듬고 있습니다.

「소보레브스키에게 보낸 편지(1897.11.)」

46 당신의 단편소설을 읽었습니다. 당신은 뛰어난
작가인 데다 지적이기까지 하더군요. 당신은
무례하지 않고 지혜롭고 섬세하고 우아하게
느껴집니다. 당신의 최고 작품은 「초원에서」와
「뗏목」이라고 내가 말했던가요? 이 작품들은 매우
좋은 수련을 거친 작가가 썼다는 것을 알 수 있게
해줄 만큼 훌륭하고 모범적입니다. 내가 틀렸다고
생각하지 않습니다. 유일한 단점을 언급하라면,
자제하지 않아 단아하지 못하다는 것이 아쉽습니다.
인물의 특정한 행동을 최소한의 움직임으로 표현하면
글이 단아해집니다. 표현이 과도하다는 느낌이
들더군요.
자연에 대한 묘사도 예술적입니다. 당신은 진정한
풍경화가입니다. 그런데 자연을 인간과 동일시하는

의인화가 빈번하게 나오더군요. 이를테면 바다가
숨을 쉬고, 하늘이 바라보고, 대초원이 느긋하고,
자연이 속삭이고 떠들고 슬퍼하는 등 말이죠.
이러한 비유는 묘사를 다소 단조롭게 하고 때로는
달콤하지만 때로는 모호하게 만듭니다. 자연을
다채롭고 표현력 있게 묘사하는 일은 '해가 졌다',
'어두워졌다', '비가 내렸다' 등과 같이 단순한 문구를
통해서만 가능합니다.

「막심 고리키에게 보낸 편지(1899.1.)」

47 우리가 영원하다거나 아니면 그냥 쉽게 좋다고
말하는, 그리고 우리를 취하게 하는 작가들은 하나의
중요한 공통점을 가지고 있습니다. 그것은 그들이
어디론가 가서 당신을 부른다는 점입니다. 그러면
당신은 이성이 아닌 자신의 온몸으로, 의도를 품고
와서 마음을 흔들어놓는 햄릿 아버지의 유령처럼
그들에게도 어떠한 목적이 있다고 느낍니다.
어떤 작가에게는 그것이 농노제, 조국 해방, 정치,
아름다움 아니면 보드카와 같이 즉각적인 목표이고,
또 어떤 작가에게는 신, 사후 세계, 인류의 행복 등과
같이 먼 목표입니다. 그러나 그들보다 더 뛰어난
작가들은 사실적으로 있는 그대로의 삶을 씁니다.
그럼에도 당신은 각각의 문장들에 마치 액즙과 같은

목적의식이 스며들어 있다면서 실제의 삶을 배제하고
'어떻게 되어야 한다'는 식의 당위를 느낍니다.
또 그런 것이 당신을 홀립니다. 그렇지만 우리는?
우리는! 우리는 삶을 있는 그대로 씁니다. 그 이상은
알 바 아닙니다.

「수보린에게 보낸 편지(1892.11.)」

1860년 러시아 구력으로 1월 17일, 러시아 남부 아조프
해의 항구도시 타간로크에서 잡화점을 운영하
는 파벨 예고로비치 체호프와 예브게니야 야
코블레브나 모로조바의 5남 2녀 중 셋째 아들
로 태어난다. 할아버지 예고르 미하일로비치
체호프는 자수성가하여 자유의 몸이 된 농노
였다.

1873년 (13세) 처음 극장에서 자크 오펜바흐의 오페레타『아
름다운 엘렌』을 관람한다. 이 경험을 계기로 극
장에 다니면서 셰익스피어의『햄릿』, 고골의
『감찰관』등을 본다.

1876년 (16세) 4월, 아버지가 파산해 가족이 모스크바의 빈민
가로 이주한다. 체호프는 가정교사로 생계를
이어가면서 3년 뒤 김나지움을 졸업할 때까지
홀로 타간로크에 머무른다.

1879년 (19세) 9월, 시 자치회의 장학금을 받고 모스크바 의과
대학에 입학한다. 이해 말부터 유머 잡지에 글
을 투고하기 시작한다.

1880년 (20세) 첫 단편「배운 이웃에게 보내는 편지」가 페테

르부르크의 주간지 〈잠자리〉에 게재된다. 이
때부터 7년 동안 '안토샤 체혼테' '환자 없는 의
사' '나의 형의 아우' 등의 필명을 쓰면서 각종
잡지와 신문에 유머러스한 소품을 기고한다.

1881년 (21세)   십대 시절 집필한 장막극 『플라토노프』의 상연
가능성을 타진했으나 거절당한다.

1883년 (23세)   단편소설 「기쁨」 「어느 관리의 죽음」 「굽은 거
울」 등을 발표한다.

1884년 (24세)   6월, 모스크바 의과대학을 졸업한다. 여름에는
즈베니고로드의 지방 자치회 병원에서 근무한
다. 9월, 의사로 개업한다. 12월, 처음으로 객혈
을 한다. 첫 단편집 『멜포메나의 이야기들』을
출간한다.

1885년 (25세)   〈페테르부르크 신문〉에 기고하기 시작한다. 12
월, 페테르부르크 문단의 원로인 드미트리 그
리고로비치와 신문 〈새 시대〉의 발행인 알렉세
이 수보린과 만나 교분을 쌓는다.

1886년 (26세)   2월, 〈새 시대〉에 단편소설 「추도회」를 발표하

면서 처음 필명이 아닌 본명을 사용한다. 3월, 당대의 문학가였던 드미트리 그리고로비치에게 '뛰어난 재능을 낭비하지 말라'는 내용의 격려 편지를 받는다. 4월, 두 번째로 객혈한다. 「우수」「아뉴타」「아가피야」「수렁」「반카」등이 수록된 단편집 『잡다한 이야기들』을 출간한다.

1887년 (27세)   단편집 『황혼』을 출간한다. 9월, 장막극 『이바노프』를 집필하고 11월에 공연에 올려 성공을 거뒀으나 체호프 본인은 만족하지 못한다.

1888년 (28세)   10월, 『황혼』으로 러시아 학술원으로부터 푸시킨상을 수상한다. 12월, 작곡가 표트르 차이콥스키와 교유한다. 단막극 『곰』 『청혼』이 성황리에 공연된다.

1889년 (29세)   1월, 희곡 『이바노프』를 개작해 페테르부르크의 알렉산드린스키 극장에서 상연하고 큰 성공을 거둔다. 6월, 화가인 둘째 형 니콜라이가 폐결핵으로 사망한다. 12월, 장막극 『숲의 정령』을 모스크바의 아브라모바 극장에서 상연했지만 혹평을 받는다.

1890년 (30세)   3월, 단편집『우울한 사람들』을 출간한다. 4월, 마차로 시베리아를 횡단해 유형지인 사할린 섬으로 향한다. 7월, 사할린섬에 도착해 3개월간 유형지의 실태를 조사한다. 10월, 사할린을 출발해 바닷길로 홍콩, 싱가포르, 수에즈운하를 경유해 12월 초 모스크바에 돌아온다. 기행문『시베리아에서』를 발표한다.

1891년 (31세)   3~4월, 수보린과 함께 이탈리아와 프랑스로 첫 유럽 여행을 한다. 사할린에서 벌인 조사 활동을 기록한『사할린』을 집필한다. 가을에는 대기근으로 인한 난민들을 구제하는 사업에 전념한다.

1892년 (32세)   3월, 모스크바에서 남쪽으로 60킬로미터 떨어진 곳에 자리한 시골 마을 멜리호보에 땅을 구입해 일가족과 함께 이사한다. 여름에 이 지역에서 콜레라가 유행하자 의사로서 방역 활동을 한다. 11월, 「6호 병동」을 〈러시아 사상〉에 발표해 큰 반향을 불러일으킨다.

1894년 (34세)   3월, 건강이 악화되어 얄타에서 요양하다가 여름에 밀라노, 니스 등 남유럽을 여행하고 10월에 멜리호보로 돌아온다. 중편 「검은 수사」, 단편 「롯실드의 바이올린」 「대학생」 「문학 교사」 등을 발표한다.

1895년 (35세)   8월, 톨스토이의 영지 야스나야 폴랴나로 가서 처음으로 그를 만난다. 11월, 희곡 『갈매기』를 집필한다.

1896년 (36세)   8월, 멜리호보 근교 탈레즈 초등학교 설립에 기여한다. 10월, 알렉산드린스키 극장에서 『갈매기』를 초연하지만 실패로 끝난다.

1897년 (37세)   3월, 모스크바에서 수보린과 만나 식사하던 중 심하게 객혈해 입원한다. 9월, 요양을 위해 프랑스 니스로 가서 이듬해 4월까지 머문다.

1898년 (38세)   5월, 프랑스에서 귀국한다. 9월, 모스크바예술극장을 방문하고 여배우 올가 크니페르를 알게 된다. 10월, 아버지 파벨 체호프가 사망한다. 얄타에 땅을 구입한다. 11월, 막심 고리키에게서 첫 편지를 받고 이후 자주 서신을 주고받게 된다. 12월, 모스크바예술극장에서 스타니슬랍스키의 연출로 『갈매기』를 공연해 대성공을 거둔다. 단편「상자 속의 사나이」「구스베리」「사랑에 대하여」「이오니치」등을 발표한다.

1899년 (39세) 8월, 얄타로 이사한다. 10월, 모스크바예술극장에서『바냐 아저씨』를 초연한다. 단편「개를 데리고 다니는 부인」을 발표한다.

1900년 (40세) 1월, 톨스토이와 함께 학술원 명예 회원으로 선출된다. 4월, 얄타에서 요양 중이던 그에게 모스크바예술극장 단원들이 위문차 찾아와『바냐 아저씨』를 공연한다.

1901년 (41세) 1월, 모스크바예술극장에서『세 자매』를 초연한다. 5월, 모스크바예술극장의 여배우 올가 크니페르와 결혼한다. 10월, 얄타에서 톨스토이와 다시 만난다. 12월, 객혈한다.

1902년 (42세) 8월, 고리키의 학술원 명예 회원 자격 박탈에 항의해 자신도 명예 회원직을 사퇴한다.

1903년 (43세) 여름부터 마지막 작품『벚꽃 동산』의 집필에 착수해 10월에 탈고한다. 직접 선별한 선집이 간행된다. 12월,『벚꽃 동산』의 리허설을 보기 위해 모스크바를 방문한다.

1904년 (44세)   러시아 구력으로 1월 17일, 체호프의 생일을 기
념하여 모스크바예술극장에서 『벚꽃 동산』이
초연된다. 2월, 얄타로 돌아오지만 결핵 증상이
악화된다. 6월, 요양을 위해 아내 크니페르와 함
께 독일 남부의 바덴바일러로 떠나지만, 병세
가 호전되지 않아 7월 2일 새벽 3시에 타계한다.